大家小书

新文学小讲

严家炎 著

北京出版集团
北京出版社

图书在版编目（CIP）数据

新文学小讲 / 严家炎著. — 北京：北京出版社，
2021. 1

（大家小书）

ISBN 978-7-200-16058-1

Ⅰ. ①新… Ⅱ. ①严… Ⅲ. ①中国文学—现代文学—
文学研究 Ⅳ. ① I206. 6

中国版本图书馆 CIP 数据核字（2020）第 224307 号

总 策 划：安 东　高立志　　特约策划：韩慧强
责任编辑：高立志　　　　　　责任印制：陈冬梅
装帧设计：金　山

·大家小书·

新文学小讲

XIN WENXUE XIAOJIANG

严家炎　著

出　　版　北京出版集团
　　　　　北 京 出 版 社
地　　址　北京北三环中路 6 号
邮　　编　100120
网　　址　www.bph.com.cn
总 发 行　北京出版集团
印　　刷　北京华联印刷有限公司
经　　销　新华书店
开　　本　880 毫米 × 1230 毫米　1/32
印　　张　9.25
字　　数　143 千字
版　　次　2021 年 1 月第 1 版
印　　次　2023 年 11 月第 2 次印刷
书　　号　ISBN 978-7-200-16058-1
定　　价　48.00 元

如有印装质量问题，由本社负责调换
质量监督电话　010-58572393

总　序

袁行霈

　　"大家小书"，是一个很俏皮的名称。此所谓"大家"，包括两方面的含义：一、书的作者是大家；二、书是写给大家看的，是大家的读物。所谓"小书"者，只是就其篇幅而言，篇幅显得小一些罢了。若论学术性则不但不轻，有些倒是相当重。其实，篇幅大小也是相对的，一部书十万字，在今天的印刷条件下，似乎算小书，若在老子、孔子的时代，又何尝就小呢？

　　编辑这套丛书，有一个用意就是节省读者的时间，让读者在较短的时间内获得较多的知识。在信息爆炸的时代，人们要学的东西太多了。补习，遂成为经常的需要。如果不善于补习，东抓一把，西抓一把，今天补这，明天补那，效果未必很好。如果把读书当成吃补药，还会失去读书时应有的那份从容和快乐。这套丛书每本的篇幅都小，读者即使细细地阅读慢慢地体味，也花不了多少时间，可以充分享受读书的乐趣。如果把它们当成补药来吃也行，剂量小，吃起来方便，消化起来也容易。

我们还有一个用意，就是想做一点文化积累的工作。把那些经过时间考验的、读者认同的著作，搜集到一起印刷出版，使之不至于泯没。有些书曾经畅销一时，但现在已经不容易得到；有些书当时或许没有引起很多人注意，但时间证明它们价值不菲。这两类书都需要挖掘出来，让它们重现光芒。科技类的图书偏重实用，一过时就不会有太多读者了，除了研究科技史的人还要用到之外。人文科学则不然，有许多书是常读常新的。然而，这套丛书也不都是旧书的重版，我们也想请一些著名的学者新写一些学术性和普及性兼备的小书，以满足读者日益增长的需求。

"大家小书"的开本不大，读者可以揣进衣兜里，随时随地掏出来读上几页。在路边等人的时候，在排队买戏票的时候，在车上、在公园里，都可以读。这样的读者多了，会为社会增添一些文化的色彩和学习的气氛，岂不是一件好事吗？

"大家小书"出版在即，出版社同志命我撰序说明原委。既然这套丛书标示书之小，序言当然也应以短小为宜。该说的都说了，就此搁笔吧。

小　序

严家炎

时间过得真快，"五四"转眼已有百年，我今年竟已八十有六，回溯大半生，实在与"五四"难解难分。感谢北京出版社给了我这个宝贵机会，以"五四"新文学为主题，选编了这本小书，以志纪念。

"五四"新文化运动，无论是对于现当代史，或是对贯通古今的中华文明史，都是绕不过去的重要事件。尽管"五四"的发端早在19世纪的80年代[①]，但它的高潮却是在1919年的春天形成的。新文化运动所带来的新文学革命，催生了文学的大众化、现代化、多样化，其影响所及可谓一直延续至今。多种多样的社团、报刊、思潮，这些都渗透和影响到了种种不同的文学样式和流派之中。一代又一代的文学家、文学史家、文

---

① 严家炎：《中国现代文学的发端及其标志》，高等教育出版社《二十世纪中国文学史》（上册），第7页。

学评论家，或直接或间接受惠于"五四"新文化运动。其产生的累累硕果，灿若繁星，难以计数。不同的流派，有不同的创作倾向和特色，它们的相互交流、融合、砥砺、竞争，形成了色彩缤纷、奇趣无穷的文学世界。

"五四"新文化运动既是一场在思想、文化、文学方面弃旧扬新的巨大变革，也就必然会引发各种新旧观点的碰撞和论争，甚至影响到社会、政治的方方面面，其中也包括了对它的误读和诋毁，因此对它的深入了解、探索和辨误，也是文学工作者不可忽视和回避的责任。

我是1956年9月响应周恩来总理提出"向科学进军"的号召，以同等学力考进北京大学中文系，成为文艺理论方向的四年制副博士研究生的。1958年10月底，因中文系急需教师，我被半途从研究生岗位上调出，为苏联、东欧、蒙古、朝鲜等国二十多名留学生开设中国现代文学史课程。从那时起，我就把主要精力投入了中国现当代文学史的研究和教学，至今已逾一个甲子。这期间，对"五四"新文学的探索和研究从未中断，对它的了解和认识也历久弥新，这或许是我对自己最为满意的地方。

2019年2月26日

　　　　　　　　　　　　　　新文学小讲

目 录

新文学小讲

第一辑

论"五四"作家的文化背景与知识结构

周作人在《中国新文学的源流》第五讲中谈到文学革命运动时，说过这样两段话：

> 自甲午战后，不但中国的政治上发生了极大的变动，即在文学方面，也正在时时动摇，处处变化，正好像是上一个时代的结尾，下一个时代的开端。新的时代所以还不能即时产生者，则是如《三国演义》上所说的"万事齐备，只欠东风"。
>
> 所谓"东风"在这里却正应改作"西风"，即是西洋的科学、哲学和文学各方面的思想（当时还传入不多——引者）。到民国初年，那些东西已渐渐输入得很多，于是而文学革命的主张便正式地提出来了。①

---

① 周作人：《中国新文学的源流》，北平，人文书店1934年版，第101页。

为什么"到民国初年","西洋的科学、哲学和文学各方面的思想""已渐渐输入得很多"呢？这与19世纪末期以来中国派往外国的留学生逐渐增多，到民国初年终于达到相当规模，形成盛大的文化气候有关系。

据容闳《西学东渐记》，中国向西方国家以官费派出留学生，始于1872年。这一年起，清朝政府根据两年前曾国藩的奏请，派容闳（1828—1912）分批率120名幼童到美国学习[①]。随后在1877年（光绪三年）及其前后又派萨镇冰、严复等81人到英、法、德国学过海军。到1896年，甲午战败后的第三年，则开始派学生到日本留学。当年只派了13人，往后却越来越多，远过欧美而后来居上。其间原因，一是两国国情较为接近。二是日本由变法而强大，又保留帝制，比较切合清朝统治者的需要。用当时驻日公使杨枢的话来说，即是："法美等国皆以共和民主为政体，中国断不能仿效。"[②]三是中日间一衣带水，距离甚近，可节省经费。自芝罘或上海到东京，即便乘坐头等船舱，花费只需六七十元，行程五六天就可到达；不像前往美国，航程要一个多月，旅费至少要三四百两银子。当

---

① 可参阅容闳《西学东渐记》、祁兆熙《出洋见闻琐述》二书。

② 《清光绪朝中日交涉史料》卷68，北平故宫博物馆编印，1932年，第34—35页。

时日本生活费也比较便宜，只抵欧美诸国的四分之一。因此到1905—1906学年，中国派往日本的留学生竟创下8000人以上的纪录。那时驻日公使杨枢曾说："现在中国留学生在东京者，约一万余名，并各地方学校留学者，共计一万三四千左右。"①据《近代中国的留学生》一书作者李喜所的统计，从1896年到1912年，中国到日本的留学生总计有39056人。19世纪末年（1895）和20世纪初年（1903），中国还开始向俄国派出留学生，虽然人数不多②。这样，到"五四"前夕，中国外派连同自费的留学生总数当在五六万之间。"五四"时期由于爆发反日运动，去日本的留学生少了，去欧美的却大为增加，而且留学的方法、途径也多样化起来。除用庚子赔款继续留学美国外，仅1919—1920年，就有1700多名中国学生通过勤工俭学途径留学法国。20世纪20年代初，还有数百名学生到了苏俄，在东方大学等校学习。留学生学成归国，很多在大学、专科学校教书，一部分在商务印书馆、中华书局等各地出版机构、报社或文化教育部门工作，成为这方面的骨干力量。拿"五四"时期的北京大学来说，202名教师中，留过学的占很大部分，

---

① 转引自黄福庆：《清末留日学生》，中国台湾"中央研究院"近代史研究所出版，1975年。

② 参阅钱单士厘的《癸卯旅行记》。1903年官费留俄学生为4人。

他们取代了原聘的外籍教师，全体教师的平均年龄只有30多岁。再拿《中国新文学大系1917—1927·史料索引》列有"小传"的142位作家（其中也有少数与新文学家论战者）来说，到国外留过学或工作、考察过的有87位，占了60%以上。留学或考察日本的有鲁迅、陈独秀、周作人、陈望道、田汉、郭沫若、郁达夫、成仿吾、刘大白、沈尹默、穆木天、夏丏尊、陈大悲、钱玄同、欧阳予倩、冯乃超、罗黑芷、冯雪峰、陶晶孙、郑伯奇、张资平、滕固、白薇、叶灵凤、刘大杰、章士钊、王任叔、沈雁冰、沈玄庐、汪馥泉、梁启超、孙俍工、徐祖正、徐蔚南、庐隐、樊仲云、谢六逸，共37人；留学美国的有胡适、陈衡哲、汪敬熙、林语堂、闻一多、梁实秋、冰心、洪深、杨振声、张闻天、梅光迪、胡先骕、朱湘、熊佛西，共14人；留学德国的有蔡元培、宗白华，共2人；留学英国的有丁西林、袁昌英、陈西滢、凌叔华、徐志摩、梁遇春、许地山、于赓虞、朱自清、李霁野、傅斯年，共11人；留学法国及比利时的有李金发、刘半农、李青崖、孙福熙、王独清、李劼人、郑振铎、金满成、梁宗岱、陆侃如、冯沅君、黎烈文、苏雪林（苏梅），共13人；留学苏俄的有瞿秋白、曹靖华、韦素园、沈泽民、耿济之、蒋光慈，共6人；留学瑞士的有宋春舫。此外，王统照先后考察过日本、欧洲，胡愈之曾漫游欧洲、苏俄，高长虹20年代末去日本，后又去欧洲，在法国参加共产党。应该说，这就是新文化运动和文学革命能够兴起并在全国范围内取得成功的一个重要背景。

"五四"作家是中国文学史上真正"睁眼看世界"的一代，是对西方文学和西方文化不只懂得某些表面，而且了解内在精神及其最新发展的一代。前一代中国知识分子像严复、林纾、梁启超等已经把西方一些理论著作、一批文学作品和若干文学观念介绍到中国，但他们其实对西方文化、西方文学了解得还不多。林纾自己完全不懂外文。梁启超那些鼓吹政治小说功效如何神奇的言论，实际只是人们的想象和编造出的神话。康有为考察欧洲以后，居然得出西方国家经常发生政变是因为他们宫廷围墙太矮这样浅薄可笑的结论。而"五四"这一代知识分子已经完全不同。他们对西方文学和文化已了解得相当深入。他们的文化背景和知识结构已有了极大的改变。

"五四"一代作家知识结构上第一个显著特点，是文化程度较高，外语掌握较好。

以进入《中国新文学大系1917—1927·史料索引》的142位作家为例，大专以上文化程度的130位，占九成以上，他们一般都通晓母语以外的一两种外语，其中有译作的103位，占

73%以上。即使没有进入《中国新文学大系1917—1927·史料索引》的作家，还有不少照样是到外国留过学的。像文学研究会发起人之一的朱希祖，新文化运动重要参加者李大钊、吴虞、许寿裳，还有李叔同、章克标，就都是留学日本的。像话剧作家余上沅、顾毓琇（顾一樵），语言学家赵元任，《学衡》的吴宓，就都是留学美国的。被鲁迅称为"中国最为杰出的抒情诗人"的冯至，就是留学德国的。1924年起发表长篇小说的老舍，则是长期在英国教书的。这些人当然也都通外语。

值得注意者，"五四"作家中有一部分学的专业就是外语。像废名、凌叔华、梁遇春、陈炜谟、陈翔鹤都是大学英文专业毕业，梁宗岱、敬隐渔学的是法文，而瞿秋白、耿济之、曹靖华、韦素园本来就专攻俄文。甚至还有一些作家精通西方多种语言，如林语堂，曾留学美、法、德诸国，不但懂英语，还懂法语、德语，而且能用英文写八部长篇小说，做到在西方畅销，1975年被提名为诺贝尔奖候选人。据有的英文专家说，林语堂英文好不仅在于英文本身，还在于他摸透了西方人的欣赏习惯和欣赏趣味，他是用这种欣赏习惯和欣赏趣味来写中国的人和事的。所以这位专家说，林语堂的英文好到了无法翻译成中文，正如他的中文好到了无法翻译成英文，一翻译就失去原文的味道①。我知道林语堂的一些中文小品确实写得不错，像《脸与法治》中的一段："中国人的脸，不但可以洗，可以刮，并且可以丢，可以赏，可以争，可以留。有时好像争脸是人生第一要义，甚至倾家荡产为之，也不为过。在好的方面讲，这就是中国人的平等主义，无论何人总须替对方留一点脸面。"对中国人脾性了解透彻，文字也用得恰到好处，从具象上升到抽象，产生飞跃而又比较精练，有汉语特有的那种排比的美以及由此带来的气势，翻译成外文就得补充很多文字，变得啰唆，没有味道。所以我也相信这位专家说的，林语堂的英文大概也很难翻译成有味道的中文。而外语能达到这种水平，是很难得的。

"五四"作家回忆自己的创作经历时，经常会讲到同外文阅读的密切关系。叶绍钧在《过去随想》中说："如果不读英文，不接触那些用英文写的文学作品，我决不会写什么小说。"鲁迅说他自己写小说，"大约所仰仗的全在先前看过的百来篇外国作品和一点医学上的知识"②。郑伯奇在《中国新文学大系·小说三集·导言》中，也曾指出："现在回顾这短

---

① 见赵毅衡：《林语堂与诺贝尔奖》，载《中华读书报》2000年3月1日第17版。

② 鲁迅：《南腔北调集·我怎么做起小说来》。

短十年间中国文学的进展，我们可以看出西欧二百年中的历史在这里很快地反复了一番。……我们只想指出这短短十年中间，西欧两世纪所经过了的文学上的种种动向，都在中国很仓促而又杂乱地出现过来。"由此可见，文化程度高，外语掌握好，直接拓宽了"五四"作家的视野，更新着他们的思想与知识的素质。

"五四"一代作家知识结构上第二个显著特点，是具有相对丰富的自然科学、技术科学知识。

受当时"科学救国"、"实业救国"思潮的影响，"五四"作家最初在学校里学的大多是理、工、农、医等属于实学方面的专业，真正学习文学、戏剧、美术的并不多（留学生出国学政法的倒是相当多）。像鲁迅、郭沫若、郁达夫、陶晶孙、赖和都学的是医学，周作人学的是土木工程，丁西林学的是物理与数学，郑振铎、王思玷学的是铁路，赵景深学的是纺织，成仿吾学的是兵器制造，胡适最初学的是农业，后来才改学哲学，冯乃超、穆木天、章克标、李青崖学的是理科，夏丏尊、王以仁、朱湘学的是工科，汪静之学的是茶务，王余杞、朱大枬学的是交通，张资平学的是地质，洪深学的是陶瓷工程，顾毓琇学的是电机工程，胡先骕学的是植物学，汪敬熙、郑伯奇、白薇学的是心理学，滕固学的是艺术考古，诸如此类。

加上一部分人学习的是边缘性、综合性学科（像徐志摩、宋春舫、陈西滢学的政治经济学，孙俍工、徐玉诺、王任叔、许杰学的师范，等等），其中也有理工常识，因此，总起来说，"五四"作家接触理、工、农、医及数学乃至天文等知识的就相当多。这种情况对文学发展有弊也有利，弊在文学修养可能不足，却也有好的影响，而且利大于弊。以徐志摩为例，他虽然学政治经济学，但他对爱因斯坦的相对论以及天文学、数学非常有兴趣。他自己在《猛虎集序》里说："在二十四岁以前我对于诗的兴味远不如我对于相对论或民约论的兴味。"梁启超主编的《改造》杂志1921年4月第3卷第8期上就发表了徐志摩写的《安斯坦相对主义——物理界大革命》一文。他参考了六种有关相对论的英文著作，对"四维时空"等科学概念，做了深入浅出、生动直观的解释。那时距爱因斯坦广义相对论的创立才五年，距狭义相对论的创立才十五年。徐志摩可能是中国最早介绍爱因斯坦的人（1921年正是爱因斯坦获诺贝尔奖的一年）。梁启超说他原先对"爱因斯坦的哲学"看过许多"却未曾看懂"，直到看了徐志摩这篇文章"才懂了"①。

———————

　　①　可参阅刘为民《科学与中国现代文学》（安徽教育出版社2000年出版）第14章。此处引文见林徽因的《悼志摩》（原载1931年12月7日《北平晨报》）。

刘半农是语言学家，他在1921年就向蔡元培提交"创设中国语音学实验室计划书"，认为"研究中国语言，并解决中国语言中一切与语音有关之问题，非纯用科学的实验方法不可"，这导致他首次在中国建立"语音乐律实验室"。这种科学的基础训练，对"五四"作家有极大的好处，不但推动他们去接受理性启蒙精神，形成比较稳固的科学世界观，而且造就了他们知识结构上的现代性与宽广性。

科学知识也有助于"五四"作家理解和接受西方近代以来的多种文化思潮与文艺思潮。没有科学知识做基础，"五四"问题小说就不会那么热，反迷信的主题不会那么盛行；没有科学知识做基础，"五四"作家接受写实主义也许不那么容易，因为写实主义作为自觉的创作方法和文艺思潮，它的兴起是和近代科学的发展、人类的观察和思维趋于细密直接关联的。王蒙曾说："现实主义写对话如闻其声，写肖像、场景如月光、晨雾、树林、暴风雪、海、船使人如临其境，都达到了前所未有的高峰。……我觉得西方现实主义大师在描写上的功力与科学技术和实证主义的发展有关，中国古典小说不重细节的描写，重在意会，写一个女子好看——身如弱柳，面似桃花，这无法从实证的角度去分析。而西方的几何学、光学比我们发达，给它的文学描写带来一种准确感、精确感。"①他的这个体会是有道理的。科学知识的充实和丰富，加上西方现实主义文学的熏陶，使一部分中国作家趋向写实主义。知识结构的更新和宽广，也直接影响到"五四"作家的艺术思维和想象力，影响到他们创作意象的构成。没有对弗洛伊德学说和现代心理学的了解，现代主义思想、现代主义艺术方法的接受也变得没有可能，鲁迅的《补天》《白光》以及借梦境来构思的大部分《野草》，郭沫若的《残春》《叶罗提之墓》《喀尔美萝姑娘》《Löbenicht的塔》，以及像汪敬熙的《一个勤学的学生》、林如稷的《将过去》、郁达夫的《青烟》这些小说或散文，恐怕都很难产生。没有现代天文学知识，"五四"诗人们也许没有那么强烈的宇宙意识，冰心在《繁星》里大概就不会写这样的诗句："我们都是自然的婴儿，卧在宇宙的摇篮里。"（《繁星·十四》）郭沫若在《凤凰涅槃》中也不会提出这一系列的问题："宇宙呀宇宙，你为什么存在？你自从哪儿来？你坐在哪儿在？你是个有限大的空球？你是个无限大的整块？你若是有限大的空球，那拥抱着你的空间，他从哪儿来？你的外边还有些什么存在？你若是无限大的整块，这被你

① 王蒙：《小说的世界》，载上海《小说界》杂志1996年第2期。

拥抱着的空间，他从哪儿来？你的当中为什么又有生命存在？你到底是有生命的交流？你到底还是个无生命的机械？"徐志摩也不会在介绍爱因斯坦相对论之后的第二年，用散文诗的方式写"夜，无所不包的夜"，"在这静温中，听出宇宙进行的声息"，"自己的幻想，感受了神秘的冲动"，"飞出这沉寂的环境，去寻访更玄奥的秘密"，"最后飞出气围，飞出了时空的关塞，当前是宇宙的大观！几百万个太阳，大的小的，红的黄的，放花竹似的在无极中激荡，旋转……"（《夜》）这是在地球上静谧的夜晚宇宙中同时呈现出的极其壮丽的景象！可以说很好地体现了"五四"一代作家艺术想象的特点。

第三，"五四"作家在人文精神方面，最重要的是接受了人的个体本位价值观念，或者叫作个性主义思想。

戊戌变法时期的谭嗣同，虽然在《仁学》中首揭"个人自主之权"，但那还只是先驱者个人的觉悟，只有到"五四"时期，这种思想才成为一代人的共识，形成时代风尚。通常所谓"文学革命最大功绩在于'人'的发现"[1]，这人，就是个体本位意义上的人，其内涵就是尊重每个人的权利和意志，尊重每个人的主体精神和独立思考的品格。《新青年》讲的民

---

[1] 参阅茅盾《关于创作》、郁达夫《中国新文学大系1917—1927·散文二集·导言》。

主、平等、自由，其基础就是尊重人的个体权利。所以周作人在《人的文学》中说，人道主义就是"个人主义的人间本位主义"。接受这种个性主义思想，对于历来只强调君权、族权、父权、夫权而不强调个人权利的中国人来说，是价值观、人生观的巨大变化，也是人文精神现代化的重要标志。在"五四"时期，小说《伤逝》女主人公子君所说的"我是我自己的，他们谁也没有干涉我的权利！"小说《隔绝》女主人公所说的"身命可以牺牲，意志自由不可以牺牲，不得自由我宁死！"几乎成了青年知识界共同的口头禅。然而，所谓个性主义、个人主义，并非后来人们误解的那种只顾自己，不顾别人的自私自利。恰恰相反，既然要尊重每个人的权利，那就是说，人们不但要懂得自尊，还要懂得尊重别人；自己不受别人压迫，也不去压迫别人；自己不做别人的奴隶，也不让别人做自己的奴隶。这就是鲁迅在《狂人日记》中提出要改变"人吃人"现象、"救救孩子"、做"真的人"的实际涵义，也是《故乡》中"我"听到闰土叫一声"老爷"禁不住从灵魂深处感受到震颤，强烈地要求打破人和人之间那层"可悲的厚障壁"的原因，以及《阿Q正传》中鲁迅为"假洋鬼子"不准阿Q革命感到愤怒，同时又为阿Q不准小D革命感到悲哀的道理所在。彭家煌有篇小说《Dismeryer先生》，正面表现了这一内容：一个在上海做工的德国人失业之后非常狼狈，只得住在别人的厨房里，靠变卖东西维持生活，吃了上顿没下顿。邻居P先生想起自己过去在法国勤工俭学时的艰难，就对他很同情，想帮他找个合适的职业，却又无能为力。有一次偶然留德国人吃了一顿饭，德国人就误认为他们夫妇经济比较宽裕而又热情好客，以后他就常常在P先生夫妇吃饭时出现，还尽量帮P先生家里做点杂务。日子长了，P先生夫妇实在负担不起，却又不好意思说出来。有一天，P先生的夫人就设法在天未黑下来时提前吃饭。这位可怜的德国人到亮灯时分又来敲门，还带来他变卖最后一点东西换来的菜，但看到的已经是碗盘狼藉的场面，以及夫妇俩非常尴尬的表情，于是他明白了一切，颓丧地退了出去。等到P先生责备夫人，他夫人也觉得自己做得不应该，再去诚心诚意地请他吃饭时，德国人推托说自己已经吃过了。而且，从第二天起，人们在这栋房子里再也见不到这个德国人了。小说细致真切地写出了处于困境中的三颗善良而又各有个性的心灵，他们相濡以沫，但又自觉地不愿给对方添加负担——物质的负担或精神的负担。他们懂得自尊，同时也懂得尊重别人，不愿伤害别人的自尊心。赶走一个不相干的人吃饭，甚至骂他几句，给他一点难堪，这在有些人太容易了，而在P先生做起来却很困难。这是真正表现现代人应有的思想的小说，在"五四"以前的时期很难出现。

个体本位思想扩展到国家、民族关系上，那就是：每一个国家、每一个民族既不受别的国家、别的民族的压迫，也决不要去压迫别的国家、别的民族。鸦片战争以后的近代中国知识分子，都深深感受了国家贫弱遭欺凌的痛苦，都在探索改变国家命运的途径，但他们追求的目标其实很不一样。许多士大夫和知识分子希望国家富强起来，恢复中国作为天朝大国的地位，继续成为世界的中心。王韬主张学习西方，最后让中国强大，使西方臣服。他说："以中国之大而师西国之长，集思广益，其后当未可限量，泰西各国固谁得而颉颃之！"他坚信，西方将在重新强大起来的中国面前"俯首以听命"①。康有为写过一组《爱国歌》，用一种傲慢的口气声称："唯我有霸国之资格兮，横览大地无与我颉颃。"诗歌末尾以这样的信念收束："纵横绝五州兮，看黄龙旗之飞舞。"②梁启超在《少年中国说》中也说："中国如称霸宇内，主盟地球，则指挥顾盼之尊荣，唯我少年享之。"1908年，上海小说林社出版过一本小说叫《新纪元》（署"碧荷馆主人"作），是有关中国未来

① 王韬：《变法（下）》，《弢园文录外编》，中华书局1959年10月出版，第16页。

② 《万木草堂诗集》，上海人民出版社1996年出版。

的畅想曲。它写中国实行君主立宪，经过八九十年变革，到20世纪末年已经国富兵强，人口一千兆，在世界上首屈一指。中国上议院在1999年决定废除公元纪年而改用黄帝历（公元2000年，据说正是黄帝纪年4709年），这引起白种人国家的害怕，并引起匈牙利国内黄白人种间的冲突。匈牙利国王请求中国大皇帝出兵保护，终于引发一场世界大战。结果中国在全世界黄种人协助之下获得胜利，迫使欧美各国签订有利于中国的和约。匈牙利从此也改奉黄帝历。于是万国来朝，中国达到鼎盛时期。这些人构想的目标，都是要让中国称霸。但"五四"时期鲁迅等人追求的目标已完全不同。鲁迅希望中国富强，却决不希望中国称霸，决不希望中国重新成为世界的中心，他只希望中国平等地屹立于世界各国面前。鲁迅把那种让中国称霸的想法叫作"旧式的觉悟"而加以谴责。当有人津津乐道于"朝鲜本我藩属"时，鲁迅却感到这类思想的可怕，他在翻译了日本作家武者小路实笃的反战剧本《一个青年的梦》之后说：

　　中国人自己诚然不善于战争，却并没有诅咒战争；自己诚然不愿出战，却并未同情于不愿出战的他人；虽然想到自己，却并没有想到他人的自己。譬如现在论及日本并吞朝鲜的事，每每有"朝鲜本我藩属"这一类话，只要听这口气，也足够教人害怕了。①

在《医生》的译者附记中，鲁迅又说：

> 人说，俄国人有异常的残忍性和异常的慈悲性；这很奇异，但让研究国民性的学者来解释罢。我所想的，只在自己这中国，自杀掉蚩尤以后，兴高采烈的自以为制服异民族的时候也不少了，不知道能否在平定什么方略等等之外，寻出一篇这样为弱民族主张正义的文章来。②

可见，无论在对待国外的弱小国家和国内的弱小民族方面，鲁迅都主张平等、主张正义、主张和平相处。他不愿自己做别人的奴隶，却也不愿别人做自己的奴隶。正是在这一点上，体现了鲁迅思想的现代性，体现了"五四"新文学的现代性，测量出了鲁迅与康有为那代人思想上的距离。鲁迅和"五四"一代作家向往一种平等、合理的社会，不希望有压迫和欺凌。

第四，也许由于进入一个新的觉醒时代的缘故，"五四"作家对哲学表现出极大的关心和浓烈的兴趣。

---

① 《鲁迅全集》卷10，人民文学出版社1981年版，第195页。
② 《鲁迅全集》卷10，人民文学出版社1981年版，第177页。

尤其年轻的一代，他们不断讨论人生是什么以及树立怎样的人生观等问题。正像冰心1920年写的一篇小说中主人公说的那样：

　　"从前我们可以说都是小孩子，无论何事，从幼稚的眼光看去，都不成问题，也都没有问题。从去年以来，我的思想大大的变动了，也可以说是忽然觉悟了。眼前的事事物物，都有了问题，充满了问题。比如说：'为什么有我？'——'我为什么活着？'——'为什么念书？'下至穿衣，吃饭，说话，做事，都生了问题。从前的答案是：'活着为活着'——'念书为念书'——'吃饭为吃饭'，不求甚解，浑浑噩噩的过去。可以说是没有真正的人生观，不知道人生的意义。现在是要明白人生的意义，要创造我的人生观，要解决一切的问题。……"①

这位主人公所说的，其实也有冰心自己的感受和体验在内。那时的知识青年都希望从哲学上寻找答案，这反映出"五四"一代是思考的一代。体现在小说上，就有像俞平伯的《花匠》、

_____

　　① 冰心：《一个忧郁的青年》，原载1920年9月《燕大季刊》第1卷第3期，署名谢婉莹。

许地山的《缀网劳蛛》、孙俍工的《前途》、冰心的《超人》等一大批哲理性作品，这些作品有的有情节，有的只是象征性的速写，寄寓着人生的感受和生活的意味。"五四"作家对人生哲学的看法大致上有三派：以冰心、王统照、叶绍钧、夏丏尊等为代表的作家，积极主张以爱和美的哲学米唤醒人生、温润人生、弥合人生、改造人生，他们的一些小说创作（如冰心的《悟》，王统照的《微笑》，叶绍钧的《春游》《潜隐的爱》），都渗透着爱的哲学。另一种，则以文学研究会庐隐、浅草—沉钟社林如稷、创造社郁达夫等为代表的伤感、厌世、苦闷、彷徨的倾向。他们对人生的答案是四顾茫然，厌恨交加，觉醒了而感到无路可走，他们的情绪比较消沉、悲观一点，而对现实的感受则可能比较深刻一点。鲁迅说他们吞饮了尼采、波德莱尔等的"世纪末的果汁"。还有一派带点道家、佛家的色彩，主张任其自然，反对人为的剪裁压制，坦然迎接命运的考验，但还是积极编织人生的网，虽遇风雨也不消沉气馁，那就是许地山、俞平伯等（他们两人也不一样）。

这种对哲学的追求、对人生的追问，其实还有一个大背景，那就是在欧洲发生的第一次世界大战以及人们对它的反思。战争像一部巨大的绞肉机，四年当中屠杀了千千万万生灵，摧毁了人们对科学发展的乐观情绪以及所谓科学万能的幻想，带来了人们对资本主义制度的怀疑，消极方面还带来"今朝有酒今朝醉"的人生享乐主义。梁启超1920年发表的《欧游心影录》中有这样一段话说到欧战前后人们的思想：

全社会人心，都陷入怀疑沉闷畏惧之中，好像失了罗针的海船遇着风雾，不知前途怎生是好。既然如此，所以那些什么乐利主义强权主义越发得势。死后既没有天堂，只好这几十年尽情地快活。善恶既没有责任，何妨尽我的手段来充满我们个人欲望。然而享用的物质增加速率，总不能和欲望的升腾同一比例，而且没有法子令他均衡。怎么好呢？只有凭自己的力量自由竞争起来，质而言之，就是弱肉强食。近年来什么军阀，什么财阀，都是从这条路产生出来。这回大战争，便是一个报应。……在这种人生观底下，那么千千万万人前脚接后脚的来这世界走一趟住几十年，干什么呢？独一无二的目的就是抢面包吃。不然就是怕那宇宙间物质运动的大轮子缺了发动力，特自来供给他燃料。果真这样，人生还有一毫意味，人类还有一毫价值吗？无奈当科学全盛时代，那主要的思潮，却是偏在这方面，当年讴歌科学万能的人，满望着科学成功，黄金世界便指日出现。如今功总算成了，一百年物质的进步，

新文学小讲

比从前三千年所得还加几倍。我们人类不惟没有得着幸福，倒反带来许多灾难。好像沙漠中失路的旅人，远远望见个大黑影，拼命往前赶，以为可以靠他向导，那知赶上几程，影子却不见了，因此无限凄惶失望。影子是谁，就是这位"科学先生"，欧洲人做了一场科学万能的大梦，到如今却叫起科学破产来。①

正是在这种情况下，中国20世纪20年代初就引发了一场科学与人生观问题的讨论，这场讨论既破除了反科学的唯心主义哲学——玄学的理论，也在某种程度上纠正了庸俗的机械唯物论以及科学万能论的许多说法，因而为胡适、陈独秀的科学人生观的传播扫清了道路。在国外留学的青年，他们没有国内青年那么多玄想，他们面对的是资本主义现实的各种问题。如贫富悬殊、道德沦丧、民族歧视，等等。他们对民族歧视感受尤深。留学美国的闻一多，在《洗衣歌》等诗中强烈地表现了作为中国人的民族屈辱感和愤怒抗议声。许多在日本的学生同样深刻感受到弱国子民所受的民族歧视：鲁迅在仙台医专考得"中上"的成绩，竟被日本同学怀疑为作弊来的；郁达夫更

---

① 梁启超：《欧游心影录》，《梁任公近著》第1辑上卷，第19—23页。

经常感到中国人被日本人看不起；郭沫若当时曾用两句话来概括他们的留学生活："读的是西洋书，受的是东洋气。"[①]另一突出感受是第一次世界大战后欧洲战场的严重后果以及贫富悬殊等问题。留法勤工俭学的学生，来到曾经是欧战主战场的法国，面对的是经济萧条，见到的是贫穷与衰败。有的学生甚至发现当时的上海比巴黎生活水平还高。他们观察的结果，认为资本主义制度有许多问题，因而最激进的一部分人把注意力转向一种新的哲学——马克思主义的唯物史观。而有些保守一点的知识分子则以发扬国粹来抵御资本主义现代化过程中出现的道德沦丧，形成学衡派和后来的新儒家。这样，西方文化思潮中保守的新人文主义和激进的先锋派——现代主义乃至后现代主义都易被一部分人接受。

"五四"一代作家对西方文学及其发展历史当然也有比较全面、比较深入的了解，这只要对比一下陈独秀的《欧洲文艺史谭》和梁启超的《论小说与群治的关系》两篇文章就清楚了。现代的较为科学的文学观念本身，也是从"五四"一代才真正建立的，在此之前，一直留有将文学和非文学的文章混在一起、含糊不清的状况。这方面暂且留待其他机会再做探讨。

---

① 《三叶集》，亚东图书馆1920年版，第165页。

那么，我们能否把"五四"一代作家估计成"西化的知识分子"呢？似乎还不能。

这代作家从童年时代起，几乎都受过传统的旧式文化教育：上私塾，读四书五经。鲁迅参加过县考，中过秀才。蔡元培更参加过京考，中过进士，成为翰林院编修。后来的年轻一代只是因为清廷1905年废除科举制度，才切断了中举当官的人生道路。他们批判"三纲"反对"三纲"，主张个性解放，看来很激进，但伦理道德观念深处，仍保持着不少传统的东西。特别是恪守孝道，一般对父母尤其对母亲是很孝敬的。正像鲁迅小说《孤独者》里那个魏连殳，给人印象很古怪："常说家庭应该破坏，一领薪水却一定立即寄给他的祖母，一日也不拖延。"男女平等的新思想的传入，似乎更使人们同情、尊重自己的母亲和祖母，多尽一份孝心。这最突出地表现在个人婚姻上。以鲁迅为例，他很不愿意同完全没有感情基础的朱安女士结婚。但为了不使守寡的母亲伤心，1906年他仍然从日本回到绍兴完婚，牺牲了自己的个人幸福以满足母亲的要求。在"五四"时期写的随感录中，他苦涩地说："爱情是什么东西？我也不知道。"①同样的情形在胡适身上也发生了。这位

---

① 鲁迅：《随感录四十》，原载《新青年》第6卷第1号，1919年1月15日出版。

被人们视为"五四"时期反传统的领袖人物，也遵从母亲之命同江冬秀女士在1918年初（或1917年底）结婚。他在1918年5月2日给少年时代朋友胡近仁的信中说："吾之就此婚事，全为吾母起见。故从不曾挑剔为难（若不为此，吾决不就此婚事。此意但可为足下道，不足为外人言也）。"在1921年8月30日日记中，还记下他同高梦旦谈话的要点，说"当初我并不曾准备什么牺牲，我不过心里不忍伤害几个人的心罢了"。早年因父母包办而结婚的还有李大钊、陈独秀、顾颉刚、郭沫若、郁达夫、闻一多、朱自清、傅斯年、苏雪林等，他们都没有正面反抗。傅斯年15岁就听从母命与一位姑娘成婚。虽然其中有些人后来经过自由恋爱又重新结婚，但当初接受包办婚姻，确实说明传统的伦理道德观念对他们有极深的影响。

"五四"全盘反传统问题之考辨

　　我今天所要涉及的"五四"全盘反传统问题，来源于美国的一位学者，就是美国威斯康辛大学历史系林毓生教授。他有一本书，叫《中国意识的危机》，1986年由贵州人民出版社出版，是穆善培先生翻译的。这本书出版以后在中国引起了一定的反响。当时年轻的学者有些赞成，有些不赞成。所以我想借他的这个话题说说我的一些想法。林毓生教授的观点很激烈，他把"五四"和"文革"相提并论，认为"五四"是全盘反传统的，而彻底的反传统就造成了中国文化的断裂，带来了中国意识的危机，影响所及，才会有后来的"文化大革命"。用林教授的话来说："在中华人民共和国的历史中，又重新出现'五四'时代盛极一时的'文化革命'的口号，而且发展成非常激烈的1966—1976年的'文化大革命'，这决非偶然。这两次文化革命的特点，都是要对传统观念和传统价值采取疾恶如仇、全盘否定的立场。"林先生还认为："20世纪中国思想史的最显著特征之一，是对中国传统文化遗产坚决地全盘否定的态度的出现与持续。"而首开风气的是"五四"。赞成林教授观点的有的年轻学者，虽然对新文化运动的功绩有所肯定，却也认为："主导'五四'文化运动的领导者与文化的激进主义结下了不解之缘，其表现为以'打倒孔家店'为口号的全盘否定儒家与中国传统文化的激烈态度。"而且我看到这种观点已经被写进了《二十世纪中国文学史》中，该著认为没有"五四"可能就没有后来的"文革"，"五四"直接影响了后来的"文革"。

这样一种说法是需要讨论的。把"五四"归入激进主义并不是不可以，与相对保守的学衡派相比，"五四"的主潮当然是激进的。但问题在于，像"五四"这样一场文化运动，能不能叫作"全盘反传统"？这种说法是不符合事实的。我把整个《新青年》——从1915年开始创刊的《青年杂志》（第一卷叫《青年杂志》，第二卷起才叫《新青年》）到1923年成了中共中央机关刊物的《新青年季刊》——都读了一遍，我想讲一些个人的看法。

下面分三个问题来讲。

一、"五四"新文化运动真是全盘反传统吗？

"五四"新文化运动有自己的问题，但是不能把这场运动的性质判定为"全盘反传统"。林毓生先生的一个大前提恐怕靠不住：他认为"五四"新文化运动之所以发生，是因为"辛亥革命推翻普遍君权"，造成了"传统文化道德秩序崩溃"，"五四"就是在这种背景下起来，利用这个空隙来"全盘反传统"的。这就把事情讲反了。辛亥革命是推翻了清朝皇帝，但并没有认真破除君权观念、纲常名教和封建道德，"君为臣纲，父为子纲，夫为妻纲"这一套还在人们头脑中深深扎根。辛亥革命之前民主共和的舆论准备很不够，当时主要是动员汉族起来反对满族贵族的统治，革命内容主要是反满，传统文化道德秩序并没有崩溃、并没有解体。如果君主专制真的已经成为人人喊打的过街老鼠，那么还会有1916年袁世凯的称帝吗？还会有1917年张勋的扶植溥仪复辟吗？"五四"的一位学者高一涵在当时就说：辛亥革命"是以种族思想争来的，不是以共和思想争来的；所以皇帝虽退位，而人人脑中的皇帝尚未退位"（《非君师主义》），这个看法是符合实际的。辛亥革命吃亏的地方，就是不像法国大革命之前有一个启蒙运动，以致革命之后，封建思想、帝制思想还普遍存在于人们头脑里，认为没有皇帝不行。举个简单的例子：连杨度这样一位曾经帮助过孙中山、坚决拥护改革的人，在1915—1916年竟然也提出"共和不适合于中国"，他给袁世凯上表"劝进"，劝袁当皇帝。所以，林毓生先生所谓"辛亥革命推翻普遍君权"，造成"传统文化道德秩序崩溃"这个大前提就搞错了，他没有顾及许多事实，只是出于想当然。

弄清了这个大前提，我们才能正确理解"五四"。可以说，正是由于袁世凯和张勋接二连三的复辟，重新恢复帝制，以及像康有为这样维新运动中的激进人物都主张要把孔教奉为国教，列入民国时代的宪法，都拥护帝制，才引起了新一代知识分子的忧虑和深思。"五四"先驱者们觉得，中世纪的封建文化思想还深深地统治着人们的头脑，所以需要一场新文化运动，所以需要文学革命。陈独秀在《旧思想与国体问题》一文中说得明白：

腐旧思想布满国中，所以我们要诚心巩固共和国体，非将这班反对共和的伦理、文学等等旧思想，完全洗刷得干干净净不可。否则不但共和政治不能进行，就是这块共和招牌，也是挂不住的。

新文学小讲

"五四"新文化运动就是在这样一种特定的历史条件下发生的，它实际上从思想战线的角度为辛亥革命补上了缺少的一课。

在帝制拥护者抬出孔教为护身符的情况下，《新青年》编辑部为了捍卫共和国体，不得不围绕现代人怎样对待孔子和儒家的问题展开了一场争论。1917年初，在陈独秀发动重评孔学的运动之后，吴虞从四川致信陈独秀说："我常常说孔子自是当时的伟人，然而如果今天有人还要搞孔子尊君的一套，要恢复皇帝的制度，要阻碍文化之发展，要重新扬起专制的余焰，我们就不得不来批判他（大意）。"这个话确切地说明了《新青年》是被迫应战的。《新青年》上最早发表的评孔文章是易白沙的《孔子平议》，说理相当平实，作者认为："孔子尊君权漫无限制，易演成独夫专制之弊"；"孔子讲学不许问难，易演成思想专制之弊"；孔子思想被历代君主利用而造成许多悲剧，并不是偶然的。易白沙还认为："各家之学，也无须定尊于一人。孔子之学，只能谓为儒家一家之学，必不可称为中国一国之学。盖孔学与国学绝然不同，非孔学之小，实国学范围之大也。""以孔子统一古之文明，则老庄杨墨，管晏申韩，长沮桀溺，许行吴虑，必群起否认。"态度比易白沙更激烈的是陈独秀。他的《吾人最后之觉悟》《宪法与孔教》二文指出：在民国时代，"定孔教为国教"是倒行逆施；"三纲说""为孔教之根本教义"，"尊卑贵贱之所由分，即'三纲'之说之所由起也。此等别尊卑、明贵贱之阶级制度，乃宗法社会封建时代所同然"。我们如果在政治上要采用共和立宪制，必须排斥这类学说。而且，陈独秀还说，"旧教九流，儒居其一耳"，如果现在学习汉武帝的做法，罢黜百家，独尊孔氏，学术思想就会形成专制，带来的祸患就太厉害了，这种思想专制的可怕远在政界帝王之上。在答常乃德的信中，陈独秀还补充了一句：如果只许儒家一家存在，那么孔学本身也会因为独尊的缘故而僵化、衰落，因为没有人跟它讨论、批评。在《复辟与尊孔》中，陈独秀又说："盖主张尊孔，势必立君；主张立君，势必复辟，理之自然，无足怪者。故曰：张、康复辟，其事虽极悖逆，亦自有其一贯之理由也。"陈独秀由"三纲"为儒家根本思想，得出"孔教与帝制有不可离散之因缘"的结论。

所有这些，都说明新文化运动中骨干人物的评孔批孔，并不是针对孔子本身，而是针对现实中的复辟事件和"定孔教为国教"这类政治举措的。李大钊就说得明白："余之掊击孔子，非掊击孔子本身，乃掊击孔子为历代君主所雕塑之偶像的权威也；非掊击孔子，乃掊击专制政治之灵魂也。"当时那些批评孔子学说的文章，包括陈独秀、易白沙、李大钊、胡适、高一涵以及后来的吴虞，他们的论文今天看来分寸不当是有的，但是没有全盘否定孔子或儒家，更没有全盘否定传统文化。相反，《新青年》在发刊词《敬告青年》中，规劝青年要以孔子、墨子为榜样，树立积极进取的人生态度。陈独秀在《再答常乃德》的通信中，谈到孔子的学说时说："在现代知识的评定之下，孔子有没有价值？我敢肯定的说有。孔子的第一价值是非宗教迷信的态度。……第二价值是建立君、父、夫三权一体的礼教。这一价值，在二千年后的今天固然一文不值……然而在孔子立教的当时，也有它相当的价值。"这就是承认孔子在封建社会发展的初期，他的礼教对封建政治体制有一种稳定、巩固、推进的作用。陈独秀说："孔子不言神怪，是近于科学的。"这当然也是肯定。李大钊的《自然的伦理观与孔子》一文说："孔子于其生存时代之社会，确足为其社会之中枢，确足为其时代之圣哲，其说亦确足以代表其社会其时代之道德。"甚至说孔子如果活在今天，"或更创一新学说以适应今之社会，亦未可知"。他们都称历史上的孔子为伟人、圣哲，肯定他做出过很大贡献，只是认为儒家"以纲常立教""焉能行于今日之中国"而已。对于儒家以外的诸子百家，当时新文化运动的倡导者也有分析，春秋时代的墨家就受到很高的评价。《新青年》第1卷第2号发表的易白沙《述墨》一文说："周秦诸子之学，差可益于国人而无余毒者，殆莫如子墨子矣。其学勇于救国，赴汤蹈火，死不旋踵（面对死亡也不后退），精于制器，善于治守，以寡少之众，保弱小之邦，虽大国莫能破焉。"易白沙在文化上的理想是融合西方文化与中国传统文化，兼取二者之长："以东方之古文明，与西土之新思想，行正式结婚礼。"（《孔子平议》下）这哪里有"全盘否定传统文化"的意味呢！特别应该说明的是，"五四"当时并没有"打倒孔家店"这个口号（"五四"的口号其实只是一个"民主"，一个"科学"，第三个是"文学革命"，即使在评孔批孔最为激烈的1916年到1917年，也没有出现过"打倒孔家店"的口号）。那么这种说法是怎么出来的呢？事情只有那么一点因由：1921年，新文化运动暂时告一段落，胡适为《吴虞文录》作序，用了一些文学性的说法来夸奖吴虞（吴最有名的文章就是《家族制度为专制主义之根据论》，认为中国的家族制度支撑了封建专制社会）。序的开头说吴虞是打扫孔学灰尘的"清道夫"，末尾说吴虞是"'四川省只手打孔家店'的老英雄"，这才有了所谓"打孔家店"的说法。胡适这一说法，原是一种文学形象，也带点亲切地开玩笑的成分，可以说是句戏言，不很准确。因为第一个评孔批孔的是易白沙，批孔最有力的是陈独秀，吴虞是一年后才卷进来的，怎么靠他的"一只手"呢？而且胡适原话并没有个"倒"字。后人拿胡适这句戏言，加上一个"倒"字，成了"打倒孔家店"，当作"五四"的口号，岂不有点可笑？

反对儒家"三纲"，革新伦理道德，这是"五四"新文化运动做的一件大事。另一件大事，就是提倡白话文，提倡新文学，提倡"人的文学"，发动文学革命。这也不像有些人所理解的那样，要把几千年的古典文学完全否定。陈独秀的《文学革命论》里确有那么一句话，就是"推倒陈腐的铺张的古典文学"。但只要读读上下文，就可以看出来，他所要推倒的古典文学，其实只是仿古的文学，是骈文、排律这类严格讲究规则、讲究声律的古典主义文学。就在这篇文章中，陈独秀用大量文字赞美了传统文学里的优秀部分，从《国风》，到《楚辞》，到汉魏以后的五言诗，到唐朝的古文运动，一直到元明的剧本、明清的小说，他都是肯定的，认为是中国文学里粲然可观的部分，给予了很高的评价。只是批判了六朝靡丽的文风，同时批判了明朝主张复古的前后七子和桐城派的四位创始人归、方、刘、姚。所以说，陈独秀并没有否定中国的古典文学。如果认为陈独秀的文学革命就是否定古典文学，那是一种误会。

总之，把"五四"新文化运动说成是全盘否定传统文化、造成断裂这种说法，在三个层面上都是说不通、不恰当的：第一，这种说法把儒家这百家中的一家当作了中国传统文化的全盘，这是不恰当的。第二，这种说法把"三纲"为核心的伦理道德当作了儒家学说的全盘，这也是不恰当的。"三纲"在儒家学说中当然是很重要的，是纲领式的，但儒家首先讲的还是"仁政"，"三纲"远非儒家学说的全部。"五四"时着重反对儒家学说中的"三纲"，怎么就等于把儒家全部否定呢？显然不合逻辑。第三，这种说法忽视了即使在儒家文化中，原本就有非主流的异端成分存在。孟子那里已有一些新的思想出现，他主张"民贵君轻"，反对把君权抬得那么高，所以朱元璋就不高兴。到了明代后期清代前期，在儒家内部已经出现了具有启蒙色彩的新的文化，像李卓吾、冯梦龙、黄宗羲、顾炎武、颜习斋、戴震等思想家、文学家，他们都是儒家，但是他们有许多新的思想，跟传统儒家很不一样。比如黄宗羲的《原君》就有启蒙色彩，他绝对不会把君捧到一个至高无上的地位，谁也不许批评。这样一批人物在儒家几千年的历史上虽然不占主流地位，但这种异端成分是相当重要的。辛亥革命时期有一位学者邓实，已经将黄宗羲等"不为帝王所喜欢"的思想称为"真正的国粹"。"五四"除接受西方的科学、民主等外来思潮外，也继承接受了儒家内部这些非主流地位的、异端色彩的"真正的国粹"。周作人谈到自己所受古人思想影响时就说："中国古人中给我影响的有三个人，一是东汉的王仲任，二是明的李卓吾，三是清代的俞理初。他们都是'疾虚妄'，知悉人情物理，反对封建礼教的人，尤其是李卓吾，对于我最有力量。'五四'时候有一个时期，大家对于李卓吾评论称扬的很多，他的意见都见于所作《焚书》、《初谭集》及《藏书》中。这些书在明清两朝便被列为非圣无法的禁书。他以新的自由的见解，来批评旧历史，推翻三纲主义的道德，对于卓文君、武后、冯道诸人都有翻案的文章。他说不能以孔子之是非为是非，可是文章中多是'据经引传'。"[1]所以，怎么能说"五四"是对传统文化的"全盘否定"，乃至于造成断裂呢？

二、怎样看待"五四"的偏激？

"五四"新文化人物当然有偏激的地方。例如对骈文、对京戏、对方块汉字、对中国人的国民性，都有一些不合适的

---

① 周作人1949年7月4日呈周恩来信，载《新文学史料》1987年第2期。

看法，都有一些过甚其辞的地方。像钱玄同称京戏为"百兽率舞"，似乎看作是一种野蛮的戏；把骈体文骂为"选学妖孽"，把桐城派末流骂为"桐城谬种"；他还主张方块字要废除，要学世界语。产生这类看法的根源，在于他们对进化论历史观，对文艺的进化、文字的进化存在着简单的、自以为科学其实却可能是蒙昧的理解。他们认为，既然欧洲中世纪以后的文学艺术沿着古典主义—浪漫主义—写实主义—自然主义这条路线进化而来，而且写实主义、自然主义又确实同科学上的实证主义有关联，那么，同这种先进的、科学写实的文艺相比，中国那种看重象征的而非完全写实的京戏当然就算是落后、野蛮的了。他们认为既然从文字学上说，象形文字是人类比较初级的文字，拼音文字才是比较先进、比较方便的文字，于是比较难学的方块字当然就应该废除、应该改换成拼音文字了。他们不知道，文艺其实很难以出现的先后来决定低或者高、劣或者优，不管发展到什么阶段，文学艺术永远离不开象征和象征手法。有文学就有象征，象征不一定就落后。从《诗经》开始的赋、比、兴中的兴，就是一种象征。并不是写实就一定是最好的文学，对于诗歌恐怕更是这样。他们也没有想到，如果没有书写统一的方块字，如果早就按方言使用拼音文字的话，中国众多的方言区很可能早已像欧洲那样分裂为许多个小国家了。欧洲许多所谓民族国家，实际上在文艺复兴后才形成。它们语言上的差异并不很大，像法语、意大利语、罗马尼亚语就可以相通，英语、德语也相当接近，可能还没有中国的吴语、粤语、闽南话、客家话和各地区官话之间距离那么大，那么难以沟通。如果中国这么大一个国家没有方块字，没有秦代统一文字这一步，都是方言的话，那就会发生许多问题。但一用方块字来书写，问题就解决了。应当说，方块字大大有助于中国的统一和稳固。他们更没有想到，几十年后当电脑流行的时候，使用方块字的效率丝毫不低于西方的拼音文字，甚至还可能超过拼音文字。所以，"五四"当时所理解的科学，确有"幼稚病"。

不过，这些偏激之处，在《新青年》内部以及周围就有不同看法。钱玄同废除方块汉字的主张，就遭到他的老师章太炎的反对。鲁迅1918年在《渡河与引路》中就批评钱玄同推广世界语的主张是刚从四目仓颉面前站起来，又在柴门霍夫脚下跪倒。傅斯年也说："钱先生都不曾断定现在的Esperanto是将来的世界语。那么Esperanto还是一个悬案；我们先把汉语不管了，万一将来的世界语不是它，我们岂不要进退失据吗？"钱玄同说人到四十岁就吸收不了新鲜事物，就应该枪毙，鲁迅后来嘲讽他"作法不自毙，悠然过四十"。胡适提倡白话文是对的，但认为文言是"死的语言"就有点简单化。傅斯年、刘半农等纠正了他的看法。到1918年《建设的文学革命论》中，胡适就接受了一些别人的意见，认为新式白话文也可以吸收某些文言成分。周作人提倡"人的文学"功劳很大，但他把《聊斋志异》《西游记》《水浒传》《三侠五义》都说成"非人文学"就太简单、太片面了。鲁迅的《中国小说史略》就纠正了这类简单片面，胡适也不赞成周作人对某些古典小说的看法。经过内部的交换意见、讨论、批评，后来这些人自己的看法都有变化。钱玄同的思想到1925年前后更发生了很大的变化。当然也有一些消极的东西留下了影响，比如胡适的"作诗如作文"的主张。他的反对者梅光迪一直认为作诗和作文在语言上是两条路子，诗的语言和文的语言不一样。梅光迪这个意见倒是对的。但是总的来说，"五四"先驱者偏激的地方都是局部性的，后来在认识和实践中也有所纠正。即使拿"五四"当时不在新文化中心的毛泽东来说，他对"五四"的偏激方面也有认识。在抗战时期写的《青年运动的方向》《新民主主义论》《反对党八股》等文章中，毛泽东一方面对"五四"肯定得很高，另一方面也清醒地指出"五四"存在着形式主义地看问题的偏向："所谓坏就是绝对的坏，一切皆坏；所谓好就是绝对的好，一切皆好。"似乎西方的一切都好，而中国的一切都糟，毛泽东的《反对党八股》就狠狠批评了这种偏向。毛泽东在三四十年代的著作里多次讲到孔子，口气都是尊敬和肯定的，特别是在《中国共产党在民族战争中的地位》那篇文章里，讲得非常明确，他说："从孔夫子到孙中山，我们应该给以总结，承继这一份珍贵的遗产。"他称孔子的学说是"一份珍贵的遗产"，可见他没有跟着"五四"偏激方面走。

而且，偏激毕竟不是"五四"新文化运动的主要方面。总体上看，"五四"是一场由理性主导而非感情用事的运动。当时提倡民主、倡导科学、提倡新道德、提倡新文学，介绍近代西方人道主义、个性主义思潮，主张人权、平等、自由，这些都是服从于民族发展的需要而做出的理性选择。胡适、周作人都鼓吹要"重新估定一切价值"，就是要将传统的一切放到理性的审判台前重新检验、重新估价。在反对了儒学的纲常伦理和一味仿古的旧文学之后，他们又提倡科学方法，回过头来整理中国古代的学术文化。鲁迅写了《中国小说史略》《汉文学史纲要》，胡适写了《白话文学史》《中国哲学史》，进行古典小说的考证，就是要用现代的观点、科学的方法重新整理研究中国古代文化。这就证明他们是要革新传统文化，而不是要抛弃传统文化，不是全盘否定中国的传统文化。可以说，从"五四"起，中国思想的主潮才进入现代。"五四"是一场思想大解放的运动，是把中国的历史和文化大大向前推进的运动。"五四"是接受近代中国思想文化危机的呼唤而诞生的，因为有危机，才会有"五四"新文化运动。它本身并没有带来危机，而是基本上成功地解决了那场危机。直到今天，我们依然享受着"五四"新文化运动的成果。

三、"文革"与"五四"：背道而驰，南辕北辙

在我看来，"文革"并不像林毓生教授说的那样是"五四"全盘反传统的继续和发展。恰恰相反，"文革"是"五四"那些对立面成分的大回潮，是"五四"新文化运动所反对的封建专制、愚昧迷信在新的历史条件下的恶性发作。"文革"和"五四"充其量只有某些表面的相似，从实质上看，两者的方向是完全相反的，可以说是南辕北辙。中国反对封建思想的斗争本来是一件长期的事情，仅仅"五四"那几年不可能一蹴而就，启蒙必须不断地进行。真正的问题在于：一旦封建思想侵袭到革命内部，反起来就非常困难，比一般反封建难上千百倍。因为投鼠忌器，怕伤害革命，也因为封建思想有的时候是以革命的名义出现，用革命作护身符。延安时期丁玲发表《三八节有感》《我在霞村的时候》《在医院中》，

王实味发表《野百合花》，就是在解放区里反对封建思想、反对宗法观念、反对小生产意识，然而他们却付出了沉重的代价。中国毕竟是个小农意识犹如汪洋大海的国家，封建思想的影响几乎无处不在，人们对这一点缺少清醒的认识。而缺少清醒的意识，放松了这一方面的警惕，就会出现问题。如果说20世纪40年代这还只是苗头，那么到50年末60年代初，个人专制的情况就已发展成为巨大的、严重的现实危机。有几件事情可以说说：第一件事情是1959年庐山会议上，《人民日报》社社长吴冷西发言，建议加紧制定法律、完善法制，毛泽东一句话就顶回去："你要知道，法律是捆住我们自己手脚的。"这是吴冷西在"文革"中做检讨时说的，他说毛主席高瞻远瞩，自己当时确实跟领袖人物的思想有距离。可见，毛泽东要的是无需法律、不受任何限制的那种行动自由。第二件事情是，到50年代末，对毛泽东的个人迷信已经达到相当可观的程度。记得1958年秋，中宣部常务副部长周扬到北京大学中文系来做报告，就鼓吹"时代智慧集中论"，据他说，每个时代的智慧都会集中到某一方面。比方说19世纪的俄罗斯，时代智慧集中在文学艺术上，出现了许多伟大的作家、艺术家和文学批评家；20世纪中叶的中国，时代智慧就集中在政治上，表现为党中央有了毛泽东这样英明伟大的领袖，那是国际上都少有的。到

1959年庐山会议上批判彭德怀时，刘少奇发言，明确提出"我们就是要搞点个人崇拜"。如果把这些话与1956年中共八大一次会议明确反对个人迷信、而且做出的决议相比，可以看出，那是很大的倒退，埋伏着很大危险。林彪正是利用这种氛围把个人迷信推向极端，从而实现其夺权野心的。第三件事情是，经过反右派和反右倾，打倒、批臭了党内外一批不同意见的人，也就是所谓的民主派。而且在批判中形成了一种理论：民主革命时期的老革命如果不自觉地改造，到社会主义时期就会成为反革命。民主于是成了非常可怕的东西。民主主义思想这样被批臭的结果，是个人专制在理论上和实践上的通行无阻。所以邓小平同志在70年代末深有感慨地说："没有民主就没有社会主义，就没有社会主义的现代化。"真正说中了事情的要害。第四件事情，是毛泽东1958年从第一线退下来后，用许多时间读《资治通鉴》、"二十四史"等大量古籍，他从历代兴亡中吸取经验、智慧和策略。现实中"总路线""大跃进"、人民公社这"三面红旗"遭遇的挫折，增强了他怀疑猜忌心理。他很怕中国出赫鲁晓夫。在这种情况下，传统文化中那些赞美专制、排斥异端、愚弄民众甚至扼杀人性的消极成分，恐怕未必不会对毛泽东产生作用。中国的古代文化中确实也有消极的、糟粕的东西：像《商君书·修权》里讲到的"权制独断于君则威";《荀子》中讲到的"才行反时者杀无赦";《论语·泰伯》中讲到的"民可使由之，不可使知之";《墨子·尚同》中讲到的"天子之所是，皆是之；天子之所非，皆非之"……这样一些专制主义思想，我们在后来的很多事实中确实看到了投影。以上这种种条件纠合在一起，"文革"的爆发几乎就成为不可避免的了。

所以，"文革"表面上是打倒一切，"封、资、修"文化全批判，实际上是封建主义的大回潮和传统文化中的糟粕在起作用。它和"五四"新文化运动的根本方向是相反的。为了避免"文革"的悲剧重演，我们得出的结论应该相反，不是去否定"五四"，而是应该发扬"五四"新文化运动的启蒙理性精神，继续进行反封建思想的斗争，继续进行民主、法治建设，对传统文化和外来文化都采取实事求是的分析态度，继承一切对人民、对民族有益的好的内容，而摒弃那些反人民、反民主的有害的东西。这就是我们应该吸取的经验教训。

《文学革命论》作者推倒古典文学之考释

考察中国文学从古典到现代的转变，讨论"五四"文学革命及其历史意义，胡适的《文学改良刍议》和陈独秀的《文学革命论》，都是重要的文献。其中《文学革命论》尤以态度较为激进而引人注意。然而在文章基本内容的理解方面，虽然八十多年已经过去，学界对之却未必有确切的定见，甚至还可能存在某些严重的误读。例如，对《文学革命论》作者所谓"推倒陈腐的铺张的古典文学"这一说法，长期以来就当作陈独秀否定中国古代文学——封建时代文学来理解。在20世纪五六十年代，它成为肯定"五四"新文化运动反封建彻底性的标志之一（虽然没有忘记指出它的"偏激"）。到了80年代，这又成为指责"五四"带来了文化断裂的根据。两种一正一反几乎截然相反的评价，都建立在相同的理解的基础之上，却很少有人对这一理解本身是否准确、是否科学、是否符合陈独秀的原意提出怀疑。

陈独秀确实说过要"推倒陈腐的铺张的古典文学"。他是在对胡适的《文学改良刍议》大声疾呼表示支持时说这番话的：

> 文学革命之气运,酝酿已非一日。其首举义旗之急先锋,则为吾友胡适。余甘冒全国学究之敌,高张"文学革命军"大旗,以为吾友之声援。旗上大书特书吾革命军三大主义:曰推倒雕琢的阿谀的贵族文学,建设平易的抒情的国民文学。曰推倒陈腐的铺张的古典文学,建设新鲜的立诚的写实文学。曰推倒迂晦的艰涩的山林文学,建设明了的通俗的社会文学。

这里,陈独秀所谓的"推倒陈腐的铺张的古典文学",究竟是什么意思?按照20世纪后半期人们的通常理解,"古典文学"一词包括两种含义:一是指过去年代的经典性作品,二是泛指古代文学。以中国社会科学院语言研究所编的《现代汉语词典》1996年修订版为例,对"古典文学"的释义就是:"古代优秀的典范的文学作品。也泛指古代的文学作品。"如果采用这两项解释中的任何一项,毫无疑问,都可以认定陈独秀对待中国古代文学的态度是绝对错误的。中国古代文学有着辉煌的成就，创造了许多独特的堪称经典的作品，陈独秀怎么忽发奇想就叫喊"推倒"呢？这个陈独秀莫非有点精神病？要不然，实在太粗暴、太野蛮、太愚昧无知了，"五四"的历史实在太可笑了！但是，且慢！当我们将上述理解安放进《文学革命论》文章的具体语境中，就会发现，上面这类理解是难以成立的。因为，有两重明显的障碍跨不过去：

第一，陈独秀所谓"文学革命军"的"三大主义"，要推倒和要建设的两项目标本来都是反义而对称的。像"推倒雕琢的阿谀的贵族文学"对应的方面就是"建设平易的抒情的国民文学"；像"推倒迂晦的艰涩的山林文学" 对应的方面就是"建设明了的通俗的社会文学"。只有中间这一条"推倒陈腐的铺张的古典文学"，同"建设新鲜的立诚的写实文学"从词性到意义上完全不能对应。写实文学体现的是一种创作方法或创作态度，古代、现代都可能有；而古典文学是文学史上时间阶段的划分，也可能意味着经过时间考验的一部分比较优秀的作品；这两个概念并不能构成相互对立、相互排斥的关系。古典文学中，像杜甫的"三吏"、"三别"、《北征》，白居易的《秦中吟》《新丰折臂翁》，吴敬梓的《儒林外史》，曹雪芹的《红楼梦》等等，本来就是写实文学或基本上是写实文学，为什么要推倒重来？将古典文学与写实文学相对立，这从形式逻辑上讲不也明显说不通吗？

第二，说陈独秀排斥和否定古代文学，这种理解也同《文学革命论》全文的意思直接抵触。因为就在《文学革命论》中，陈独秀对相当多的中国古代文学作品给予了很高的评价。比方说，他肯定了《诗经》的主体部分——《国风》，还肯定了《楚辞》，说"国风多里巷猥辞，楚辞盛用土语方物，非不斐然可观"。用"斐然可观"四个字去赞美，还不高吗？接下去，陈独秀又说："魏晋以下之五言，抒情写事，一变前代板滞堆砌之风。在当时可谓为文学一大革命，即文学一大进化。"可见，他对南北朝及其后的五言诗的新鲜活泼，评价也很高。由于胡适在《文学改良刍议》中对"诗至唐而极盛"的现象已多有涉及，陈独秀没有在唐诗方面再做申述，只对律诗尤其排律表示非议。而对韩愈、柳宗元为代表的古文运动，则称他们"一洗前人纤巧堆垛之习"，"自是文界豪杰之士"。至于"元明剧本，明清小说"，陈独秀更称之为"近代文学之粲然可观者"。所以，从《文学革命论》全文来看，陈独秀绝对没有否定中国古代文学的意思。有的学者所认为的"陈独秀进一步提出'推（打）倒''贵族文学''古典文学''山林文学'"①，那显然是受了表面文字的迷惑而导致的误读。

这样说来，陈独秀所"推倒"②的古典文学这个概念，既不是在古代文学的意义上使用的，也不是在经典文学的意义上使用的。20世纪50年代以来人们的理解——无论是称赞或者责备——都不符合实际。我们应该换一种思路来接近陈独秀所谓"推倒陈腐的铺张的古典文学"的本意。比方说，不妨从近代汉语词汇变迁的角度去考察一下古典、古典文学这些概念的演化。

"古典"这个词在汉语中出现得很早（至少东汉时就有），但词义与20世纪20年代起流传的很不一样。《后汉书·儒林传论》说：建武五年，"乃修起大学，稽式古典"。这里的"古典"一词仅指古代典章，并不包含后来的"经典"（Classic）的意思。直到民国四年（1915）商务印书馆初版《辞源》仍然这样释义："'古典'，古代典章也。"在"古典"一词中注入经典这层含义，是欧洲文艺史上

---

① 郑敏：《世纪末回顾：汉语语言变革与中国新诗创作》，载《文学评论》1993年第3期。郑敏教授此文有很高的学术价值，对新诗语言变革问题提出了极为重要的见解；但对陈独秀《文学革命论》"推倒"古典文学之说却存在着误读。

② 陈独秀所谓"推倒"，从上下文来看并非"打倒"之意，乃是驱逐其所占据的主流文学之地位。

Classicalism这个外来词语经过日本学界而传入中国，并且被译成"古典主义"之后。古典主义，可以说是由日语转入的汉字原语借词。1915年的《辞源》初版中来不及收入"古典主义"一词，待到民国二十年（1931）出版的《辞源续编》，才开始收进这个词条，并有这样的释文：

> 古典主义 Classicalism，此指十七八世纪欧洲文坛的主潮。十八世纪为理智的时代，文艺亦大受其影响。所谓古典主义，即以追摹希腊、罗马古代作家之典范为目的，以匀整平衡均一为技巧之极。故其结果，为压制个性，绝灭情思。十九世纪初兴起之传奇主义（今称浪漫主义——引者），即为古典主义之反动。古典主义最盛期约一百年，自一六七五年至一七七五年，意大利、法兰西、英吉利、德意志各国文学，皆受其影响。[①]

其中所说"希腊、罗马古代作家之典范"，就是经典之意。而"以匀整平衡均一为技巧之极。故其结果，为压制个性，绝灭情思"，则是学界公认的欧洲古典主义的特点和明显的局

---

① 引自民国二十年（1931）上海商务印书馆出版的《辞源续编》线装本。

限。陈独秀早在辛亥革命时期就通过日本学界而对欧洲文艺史上的古典主义思潮有所了解。古典主义效法希腊、罗马的一味仿古和束缚作家个性的那套严整的艺术规范，都使陈独秀联想到中国文学史上崇尚靡丽、看重对偶音律而内容相对空虚的骈体文以及明代的前后七子和桐城派归、方、姚、刘的复古主张，他把这些作品看作中国的古典主义文学，竭力想将这类仿古文学和崇古思潮从主流文坛上驱赶出去。自1915年创办《青年杂志》时起，陈独秀就想让中国年轻一代知识分子了解世界文学经古典主义、浪漫主义（陈独秀称之为理想主义）而走向写实主义、自然主义这种发展趋势。他在《现代欧洲文艺史谭》中就说：

> 欧洲文艺思想之变迁，由古典主义（Classicalism）一变而为理想主义（Romanticism），此在十八、十九世纪之交。文学者反对模拟希腊罗马古典文体。所取材者，中世之传奇，以抒其理想耳。此盖影响于十八世纪政治社会之革新，黜古以崇今也。[①]

---

① 《青年杂志》第1卷第3号，1915年11月。

陈独秀将欧洲古典主义的特点，看作"模拟希腊罗马古典文体"，而将其对立面浪漫主义（理想主义），则称之为"黜古以崇今"。在以记者身份回答张永言的《通信》中，陈独秀又说：

> 吾国文艺，犹在古典主义、理想主义时代，今后当趋向写实主义。文章以纪事为重，绘画以写生为重，庶足挽今日浮华颓败之恶风。①

在回答张永言的另一封《通信》中，陈独秀对中外古典主义文学表现出了更加鲜明的批判态度。他说：

> 欧文中古典主义，乃模拟古代文体，语必典雅，援引希腊罗马神话，以眩赡富，堆砌成篇，了无真意。吾国之文，举有此病，骈文尤尔。诗人拟古，画家仿古，亦复如此。理想主义，视此较有活气，不为古人所囿；然或悬拟人格，或描写神圣，脱离现实，梦入想象之黄金世界。写实主义、自然主义，乃与自然科学、实证哲学同时进步，此乃人类思想由虚入实之一贯精神也。②

---

① 《青年杂志》第1卷第4号，1915年12月。
② 《青年杂志》第1卷第6号，1916年2月。

这是陈独秀在胡适的《文学改良刍议》、他自己的《文学革命论》发表之前一年多所写的一些文字。可见他在那时对中国文学革新问题早已形成了许多想法。他的矛头所向，对准了四六骈体，对准了仿古文学，对准了当时文学中浮华颓败的风气，其精神乃至用语都是和后来的《文学革命论》相连贯的。如果说《新青年》创刊之初，陈独秀曾登载过友人的长律还说过捧场的话，那么，稍后在反对仿古文学并坚信"古典主义之当废"①方面，就始终和胡适等人坚定地站在同一战线上。而在《文学革命论》发表之后两个月，陈独秀又刊出《答曾毅书》，更鲜明地反对"抄袭陈言之古典派"，并且说："仆之私意，固赞同自然主义者，惟衡以今日中国文学状况，陈义不欲过高，应首以捣击古典主义为急务。理想派文学，此时尚未可厚非。但理想之内容，不可不急求革新耳。"② 所以，我们可以有把握地说，陈独秀在《文学革命论》中提出的"推倒陈腐的铺张的古典文学"，这里的"古典文学"其实是他所理解的古典主义文学——而且是在前面加上了"陈腐的"、"铺张的"两个定语的古典主义文学。不过为了字数相等、对得工

---

① 见胡适1916年10月《寄陈独秀》，载《中国新文学大系·建设理论集》，上海文艺出版社1980年影印本，第31页。
② 载《新青年》第3卷第2号，1917年4月。

新文学小讲

整，他把"主义"两个字省略掉了而已。确切一点说，陈独秀推倒的是一种仿古文学。陈独秀决没有要推倒或者打倒中国古代文学乃至经典文学的意思。如果采用这种理解，那么，前面所说的古典文学与写实文学意义上不能对应的问题也就不存在了：他要推倒的是古典主义文学，建设的是写实主义文学，两者都具有创作方法或创作态度的性质，对应起来一点都不勉强了。这样，陈独秀的本意也就显露而豁然开朗了。

应该说，在陈独秀《文学革命论》发表之后一段时间里，人们都是按这种理解去看待陈独秀所提的"三大主义"的。以《新潮》杂志为例，它从创刊时起，就按陈独秀《文学革命论》的主张来做。第一卷第一期就刊登《社告》（相当于稿约）对"本志"来稿做出规定，第二条说："文词须用明显之文言或国语，其古典主义之骈文与散文（本志）概不登载。"第四条说："小说、诗、剧等文艺品尤为欢迎，但均以白话新体为限。"可见，陈独秀"推倒陈腐的铺张的古典文学"专指"古典主义的骈文与散文"这一主张，在当时并没有引起过什么歧义。产生误读是后来的事。

顺便说一下，如果把陈独秀的"文学革命军三大主义"翻译成外文的话，我主张把他要推倒的"古典文学"译成"仿古文学"为好。记得20世纪80年代后期，外文出版社想要把唐弢先生主编的《中国现代文学史简编》翻译成英文、日文、西班牙文三种文字，我和该社英文部的朱惠明女士讨论过这个问题。他们也赞同我的意见，不是把陈独秀提出的"推倒古典文学"翻译成Get rid of the Classic literature，而是翻译成Get rid of the literature in the Style of Classics。这是研究了《文学革命论》全文和陈独秀当时的整个文学思想之后才得出的看法，从而避免了翻译上断章取义的毛病。

还需要补充的一点是：陈独秀的《文学革命论》也接受了胡适《文学改良刍议》中有些见解的影响。胡适文章在论述用典方面比较细致，也比较精辟。正像钱玄同《寄陈独秀》信中所说："文学之文用典，已为下乘。……古代文学，最为朴实真挚。始坏于东汉，以其浮词多而真意少也。弊盛于齐梁，以其渐多用典也。唐宋四六，除用典外，别无他事，实为文学中之最下劣者。"胡、钱这些看法，更坚定了陈独秀反对骈体、反对仿古的决心。《文学革命论》中指责"贵族之文""古典之文"的地方，例如"两汉赋家，颂声大作。雕琢阿谀，词多而意寡"；"东晋而后，即细事陈启，亦尚骈丽。演至有唐，遂成骈体。诗之有律，文之有骈，皆发源于南北朝，大成于唐代。更进而为排律，为四六。此等雕琢的阿谀的铺张的空泛的贵族古典文学，极其长技，不过如涂脂抹粉的泥塑美人"之类，其中也包括了典故运用上的铺张堆砌在内。这恐怕是由于陈独秀多少混同了欧洲与中国两种不同的古典主义的缘故——如果说中国文学中也有古典主义的话。

反思"五四"新文化运动有感 [①]

　　近几年常听到或看到一种议论,说"五四"新文化运动全面反传统,具有感情用事的非理性的色彩,造成了中国的思想危机;说"打倒孔家店"在中国文化史上带来一股"左"的思潮,形成中国传统文化的断裂,开启了"文化大革命"的先河,等等。持这种论点者,国外、国内都不乏人。

　　我却实在不敢苟同。

　　在我看来,这种论点虽然新奇,却是轻率而表面的,与历史事实不符的。

　　"五四"新文化运动虽然坚决反封建,却并没有全面反传统。除了反对专制与迷信外,它只反了传统文化中的两项:一是以"三纲"为核心的儒家伦理道德,二是载这个道的封建的

---

　　① 载《"五四"运动与中国文化建设——"五四"运动七十周年学术讨论会论文选》上册,社会科学文献出版社1989年10月出版。

　　　　　　　　　　　　　　　　　　　　新文学小讲

僵死的旧文学。"五四"时期之所以对孔子和儒家学说做出重新评价，那是因为孔子和儒学已成为专制主义与旧道德、旧文学的保护伞。那时袁世凯阴谋复辟帝制，提倡尊孔读经；康有为主张君主立宪，也要将孔教奉为国教，列入宪法；一切倒退措施仿佛都和孔子学说联系了起来。在这种情况下，陈独秀、李大钊、钱玄同、鲁迅、吴虞等激进派知识分子被迫出来应战，指出孔子是封建专制的护身符，孔子思想不适合于今日社会。把孔子从至圣先师的偶像地位上搬下来，并发出了"礼教吃人"的战斗呐喊。即使如此，当时也并不真有"打倒孔子"或"打倒孔家店"一类口号，有的只是对孔子相当客观、相当历史主义的评价（这同"文化大革命"中出自政治阴谋而开展的"批孔运动"完全不一样）。李大钊在《自然的伦理观与孔子》一文中说："孔子于其生存时代之社会，确足为其社会之中枢，确足为其时代之圣哲，其说亦确足以代表其社会其时代之道德。使孔子而生于今日，或更创一新学说以适应今之社会，亦未可知。"又说："故余之掊击孔子，非掊击孔子之本身，乃掊击孔子为历代君主所雕塑之偶像的权威也；非掊击孔子，乃掊击专制政治之灵魂也。"把"五四"时期的评孔批孔活动归结为"打倒孔家店"，那是胡适到后来为《吴虞文录》写序，尊吴虞为"四川省只手'打孔家店'的老英雄"时的事。对此，我们不应有任何误解。

　　"五四"新文化运动的先驱者们不但没有全面反传统，反而用现代意识重新整理传统文化，充分肯定了传统文化中有价值的部分。陈独秀《文学革命论》中，就有对传统文学几个段落的直接赞美："国风多里巷猥辞，楚辞盛用土语方物，非不斐然可观"；"魏晋以下之五言，抒情写事，一变前代板滞堆砌之风，在当时可谓文学一大革命"；"韩柳崛起，一洗前人纤巧堆垛之习，风会所趋，乃南北朝贵族古典文学变而为宋元国民通俗文学之过渡时代"；"元明剧本，明清小说，乃近代文学之粲然可观者"……这哪里有一点要整个打倒传统文学的意味呢！鲁迅早在"五四"时期就慨叹"中国之小说自来无史"（《中国小说史略·序言》）而着手这方面的整理研究；1920年，他就在北京大学破天荒地讲授"中国小说史"课程，稍后还编写了《汉文学史纲要》等阐发中国文学精义的著作。胡适1919年就提出"整理国故，再造文明"的口号，他撰写的《白话文学史》和古典小说考证方面的著作，为运用新观点整理评价具有民主性精华的传统文化，做出了很大的贡献。李大钊、刘半农等均曾参加发起歌谣研究会，倡导对传统的民间歌谣研究整理。周作人后来还写了《中国新文学的源流》，指出"五四"文学革命与明代公安派、竟陵派

　　　　　　　　　　　　　　新文学小讲

文学之间一脉相承的关系。胡适也写了《五十年来中国之文学》，企图把"五四"文学革命与梁启超、黄遵宪等近代文学改革运动衔接起来。可见，在先驱者心目中，"五四"新文化运动并没有和传统文化中断或断裂。相反，那些最勇敢地主张学习西方文化的先驱者，同时也正是民族优秀文化遗产的继承者。鲁迅小说就对我国古典白话小说（如《儒林外史》）做了创造性的吸收，他小说中的深沉意境，只能是接受本民族几千年诗歌传统熏陶的产物；他的杂文更和魏晋文章的风格特色有密切关系。李大钊、周作人、郭沫若、沈雁冰、叶绍钧、郁达夫、郑振铎、冰心等整整一代人，都具有深厚的传统文化和文学的素养。至于新文学所体现的强烈的忧患意识，更是和屈原以来中国文人传统的人生态度一脉相承的。"五四"以来新文学之所以富有生命力，一个重要原因，在于它从未真正割断过与传统的联系。所谓"五四"造成文化断裂或思想危机的说法，实在只是一知半解的推测之词，或者干脆就是不顾事实的捕风捉影。如果真要说思想危机的话，应该说：并不是"五四"造成了中国的思想危机，而恰恰是中国的思想危机呼唤了"五四"。我们怎么能把事情的因果关系颠倒过来呢？

"五四"新文化运动之所以只是文化革新而非文化断裂，

根本原因在于：它是一场理性主义而非感情用事的运动。当时提倡科学民主，提倡文学革命，都是服从于民族发展需要而做出的一种理性的选择。陈独秀在《青年杂志》创刊时，向青年们提出"自主的而非奴隶的"、"进步的而非保守的"、"进取的而非退隐的"、"世界的而非锁国的"、"实利的而非虚文的"、"科学的而非想象的"六点希望，便完全贯穿着理性主义的要求。胡适在《新思潮的意义》中所提倡的"重新估定一切价值"，同样充满理性主义精神。"五四"时期出现大量问题小说，这也是许多觉醒的文艺青年要求将传统的一切放到理性的审判台前重新检验、重新估价的结果。"从来如此，便对么？"——鲁迅通过狂人之口发出的呼叫，便昂扬着"五四"时代特有的理性主义的激情。冰心1920年写过一篇问题小说，叫《一个忧郁的青年》，其中的主人公彬君曾说过一段颇有代表性的话语：

　　从前我们可以说都是小孩子，无论何事，从幼稚的眼光看去，都不成问题，也都没有问题。从去年以来，我的思想大大的变动了，也可以说是忽然觉悟了。眼前的事事物物，都有了问题，充满了问题。比如说："为什么有我？"——"我为什么活着？"——"为什么念书？"下至穿衣，吃饭，说话，做事，都生了问题。从前的答案是："活着为活着"，"念书为念书"，"吃饭为吃饭"，不求甚解，浑浑噩噩的过去。可以说是没有真正的人生观，不知道人生的意义。现在是要明白人生的意义，要创造我的人生观，要解决一切的问题。

可见，"五四"时期觉醒的青年们，正是最反对盲从，最反对"不求甚解，浑浑噩噩"；他们追求的，正是理性和科学精神。把"五四"新文化运动和盲动、非理性、感情用事扯在一起，岂非南辕北辙，适得其反吗？

那么，"五四"新文化运动就没有毛病，没有偏差了吗？当然不是。那时的领袖人物有过形式主义，有过偏激情绪，像钱玄同甚至说过"人过四十该枪毙"这样的话（鲁迅后来曾嘲讽他"作法不自毙，悠然过四十"），这类毛病确实不少。而其中最重要的，我以为还是一部分激进的左翼知识分子中间，出现过狭隘的排他性，即对马克思主义革命救国道路以外的其他各种思潮、学派，一概采取排斥反对的态度。从几十年社会实践的效果看，这使我们吃了许多亏。

不妨举一个例子。

1919年元旦创刊的《新潮》杂志上，刊载过一篇罗家伦的文章《今日之世界新潮》。文章作者以其特有的时代敏感首先指出："现在有一股浩浩荡荡的世界新潮起于东欧。……他（它）们一定要到远东，是确切不移的了。""诸位不见俄罗斯的革命，奥匈的革命，德意志的革命，就是这个新潮的起点吗？"还说："现在的革命不是以前的革命了，以前的革命是法国式的革命，以后的革命是俄国式的革命。"当无产阶级革命浪潮刚刚在世界某个角落掀起，风正起于青萍之末的时候，罗家伦就能这样准确、这样敏锐地预感到这股潮流的威力，这是很了不起的。接着，罗家伦提出了他面临这一形势时的忧虑和对策。他说："现在东西交通如是之密，中国还不会被世界的新潮卷去吗？德、奥雷霆万钧的政府还抵抗不住，何况其余的吗？既然抗抵不住，就不能不预先筹备应付这潮流的法子。这个潮流涌入德、奥国内，尚无十分危险；因为德、奥人民大多受过教育，兵工两界也都是有常识的。若是传到中国来，恐怕就可虑得很；因为中国的普通人民一点知识没有，兵士更多土匪流氓，一旦莫名其妙地照他人榜样做起来，中国岂不成了生番的世界吗？读者不要以为我过虑，那个日子将来总会有的，不过是个迟早的问题吧了！若是我们中国有热心的想免除这番扰乱，我倒想了几个法子，同诸位磋商。"他的法子是，"要使一般人民都受教育，兵工尤其紧要"，不使他们起来暴动；同时，"人人要去劳动，无论劳心也好，劳力也好"。罗家伦对革命的防范自然是徒劳的，但作为一个资产阶级知识分子，罗家伦确有很强的阶级敏感。他的忧虑也不是没有根据的。证之以后来中国革命过程中发生的一些事情（小说《古船》里已写得如此惊心动魄），证之以20世纪60年代发生的"文化大革命"。罗家伦甚至可以说表现了某种惊人的预见性。但是，这样一篇有头脑、有见地的文章，长期以来在革命文化界中只被看作"反动论调"，完全不受重视。再好的"教育救国论"——即使像陶行知那种"教育救国论"，也一概被认为是对抗革命道路的谬论。在坚持马克思主义救国道路的同时，我们完全看不到"教育救国论"对革命也有利益，可以与革命救国论相辅相成、互为补充这一面。对待马克思主义以外的其他思潮、学派，我们总是采取简单的绝对排斥、绝对否定的态度，看不到它们也有某种相对的合理性。我们早就把"百家争鸣"看作一家姓资、一家姓无，而真理总是由无方包揽，看不到各种学派都可能有某种合理因素。对待"五四"时期"问题与主义"之争如此，对待罗家伦文章如此，对待科学救国论、实业救国论、文化救国论……莫不如此。这种革命的排他性，从"五四"时期一些左翼知识分子开始就有了，它使我们吃尽了苦头。今天早该到了猛醒的时候了！

在反思"五四"新文化运动的时候，我们还应该说：有些问题并不是"五四"当时就存在，而是后来才产生的。这就更不应该过分地责备"五四"。例如，文学为人生、为社会改造服务，"五四"文学革命的先驱者们确实是这样提出的，但他们并没有简单到只为人生而不要文学的地步。陈独秀、鲁迅等人都非常重视文学的审美特征。陈独秀《答曾毅信》中说："状物达意之外，倘加以他种作用，附以别项条件，则文学之为物，其自身独立存在之价值，不已破坏无余乎？"（《新青年》第3卷第2号）可见，文学革命的倡导者陈独秀，是既看重文学的社会作用，又看重文学本身的独立价值，而且把两者统一起来看待的。香港司马长风先生责备陈独秀等先驱者反对"文以载道"而自己又陷入新的"文以载道"，仅仅把文学当成工具，实在没有多少根据。文学的独立特征受到忽视和抹杀，这是无产阶级文学运动兴起以后的事，我们完全不应该把这笔账算到"五四"头上。

正像一切反思一样，关于"五四"新文化运动的反思，也必须建立在大量史实的基础上，而不应该随心所欲，牵强附会，主观武断，轻率从事。反思者也会被反思，这就是历史将要做出的结论。

1989年2月15日

新文学小讲

不怕颠覆，只怕误读 ①

反对"五四"新文化运动和文学革命的意见，自来就有。新儒学或后现代之类的颠覆，也可不必多虑。值得注意的，我以为倒是对"五四"的误读。

有两种误读：反对派的和我们自己的。

例如，有人把"五四"新文化运动说成"欧洲中心论"的产物，这就是很大的误读。经过工业革命和启蒙运动（旧式的或新式的）而告别中世纪，走向现代化，这并不是欧洲国家独有的模式，而是世界各国或先或后地共同走着的道路。对广大发展中国家来说，倡导启蒙理性和科学精神，追求工业化、现

① 1996年5月9日至12日，中国现代文学研究会在石家庄举行七届二次理事会，河北师院、河北师大、河北大学中文系和河北省社院文研所联合承办了这次会议，来自全国的数十位著名学者就中国现代文学研究的现状和前途进行了热烈研讨，有共识，有争鸣，新见迭出。本文乃作者在会上的发言，载《河北师院学报》1996年第3期。

代化，正是为了挣脱帝国主义的枷锁，真正实现民族独立，这与"欧洲中心论"何干？其实，把科学、理性、工业化、现代化当作欧洲国家垄断的专利，这才是真正的"欧洲中心论"！我们理应把这种误读纠正过来。

又例如，责备"五四"新文化运动全盘反传统，造成中国文化传统的断裂，这也是一种误读。"五四"并没有全盘反传统。先驱者只是在帝制复辟丑剧一再发生，纲常名教观念充塞人们头脑的情况下，为了维护辛亥革命的成果，重新评价了孔子，着重批判了封建的"三纲"，使儒家从两千多年的一尊地位还原为百家中的一家而已。即使对孔子，"五四"先驱者仍肯定他为历史上的伟大人物。今年《鲁迅研究月刊》第四期上董大中同志文章详尽论述了"五四"反传统的问题，讲得比较透辟，我推荐有兴趣的读者认真一阅。

也有我们自己的误读。长期以来，出于好心，我们总是强调"五四"新文化运动反封建的彻底性，强调它的"打倒孔家店"，强调陈独秀的口号"推倒古典文学"，强调"桐城谬种、选学妖孽"即是散文、骈文都不要，等等。其中就包含着许多误解，效果不好。"五四"反封建的彻底性，只是和历史上的文化改革比较而言的，不能简单化、绝对化。所谓"打孔家店"（并无"倒"字），原是胡适在"五四"高潮过去之后为《吴虞文录》作序时的一句戏言。英译本《中国现代文学史简编》把陈独秀这句话译成Get rid of the literature in the Style of Classics，而不是译成Get rid of the Classic literature，这是经过斟酌的。至于"桐城谬种、选学妖孽"，诚如王瑶先生所言，并非否定历史上的散文和骈文，只是攻击民国初年那些桐城派和骈体文的末流而已。可见，事物都有分寸，过分夸张了就会走向反面。

即使对于反对派的意见，我认为也要防止和警惕误读。并非一讲"五四"的毛病就是颠覆，就是反动。"五四"当时有的先驱者确实有偏激情绪和过激之词（如主张废除汉字，称京剧为"百兽率舞"的野蛮戏），确实有"所谓坏就是绝对的坏，一切皆坏；所谓好就是绝对的好，一切皆好"这种形式主义地看问题的偏向，这在毛泽东的《反对党八股》中也是指出了的。从过去的学衡派、鸳鸯蝴蝶派到今天的后现代，我们绝不能笼统地把他们的一言一行都看作在颠覆"五四"。学衡派的吴宓等人，虽然偏于保守，文学上却是内行，他们的一些评论文章，确有切中新文学时弊之处。鸳鸯蝴蝶派也并非都是新文学的对立面，他们对新事物同样相当热情和敏感。《呐喊》出版之前，就给了鲁迅小说高度评价，尊鲁迅为"世界大小说家"的，是鸳鸯蝴蝶派的理论家凤兮。这个流派中部分作家后来接受了新文学的影响。后现代之所以出现，是因为现代化过程中发生了种种问题（诸如环境污染、道德沦丧、世界大战，以及超大规模杀伤性武器的出现等）。后现代中有的人对启蒙理性精神的攻击是没有道理的，但他们对科学主义的批评却足以发人思考。在我看来，后现代是对现代的重要补充，真正的现代性不仅包括以"五四"为代表的现代精神，也应该包括后现代提出的种种有价值的内容，正如沈从文的小说不但不应该视作"向后看"而排斥在现代性之外，反因其某种批判锋芒而使现代性变得更为完整、更为充实、更合人性一样（当然，我无意于将沈从文与后现代类比）。

我们礼赞"五四"，继承"五四"，又超越"五四"。

"五四"·"文革"·传统文化 ①
——读史札记之一

　　当前对"五四"的重新评估,可能导源于美国学者林毓生教授。他的著作《中国意识的危机》在国际汉学界颇有影响,20世纪80年代中期翻译成中文后,在中国一些青年学者中间也引起反响。90年代,北京大学哲学系陈来教授响应林教授的著作,曾撰写了一篇题为《20世纪文化运动中的激进主义》的文章,在北京的《东方》杂志创刊号上发表。他们两位都是我尊敬的学者和朋友,但在评价"五四"新文化运动这个具体问题上,我们之间的看法很不一样。大体上说,他们的观点很激烈,把"五四"和"文革"相提并论,认为"五四"是全盘反传统的,而彻底的反传统则造成了中国文化的断裂,带来了中

---

　　① 载香港中文大学《二十一世纪》杂志1997年8月号。

国意识的危机，影响所及，才会有后来的"文化大革命"。用林教授的话来说："在中华人民共和国的历史中，又重新出现'五四'时代盛极一时的'文化革命'的口号，而且发展成非常激烈的1966—1976年的'文化大革命'，这决非偶然。这两次文化革命的特点，都是要对传统观念和传统价值采取疾恶如仇、全盘否定的立场。"①林先生认为："20世纪中国思想史的最显著特征之一，是对中国传统文化遗产坚决地全盘否定的态度的出现与持续。"②而首开风气的是"五四"。陈来先生虽对新文化运动的功绩有所肯定，却也认为："主导'五四'文化运动的领导者与文化的激进主义结下了不解之缘，其表现为以'打倒孔家店'为口号的全盘否定儒家与中国传统文化的激烈态度。"③他从"五四"联系到"文革"，还一直联系到新时期以来重新提倡启蒙、理性等等的"文化热"，联系到《河殇》，把这些都看成是同一股思潮的产物，总的就叫激进主义。

---

① 林毓生著，穆善培译：《中国意识的危机》，第2页。贵州人民出版社，1986年。

② 林敏生著，穆善培译：《中国意识的危机》，第1页。贵州人民出版社，1986年。

③ 陈来：《20世纪文化运动中的激进主义》，载《东方》杂志创刊号，1993年。

　　　　　　　　　　　　　　　　　　新文学小讲

只要不把"五四"新文化运动称作过激主义，我认为将之归入激进主义一脉并不是不可以的，因为同学衡派的保守主义相比，"五四"的主潮当然是激进的。但问题在于像"五四"这样一场文化运动，能不能叫作"全盘反传统"？我认为这种说法是不符合事实的。我在1989年写过一篇文章，主要从文学这个角度对"五四"进行反思，实际上是跟林毓生先生商榷的。现在我想将之扩展开来，就整个文化问题谈谈我对这类见解的看法。

"五四"新文化运动真是全盘反传统吗？

我觉得，"五四"新文化运动有自己的问题，但是不能把这场运动的性质判定为全盘反传统。林毓生先生的一个大前提恐怕靠不住：他认为"五四"新文化运动之所以发生，是因为"辛亥革命推翻普遍君权"，造成了"传统文化道德秩序崩溃"[①]，"五四"就是在这种背景下起来，利用这个空隙来全盘反传统的。这就把事情讲反了。辛亥革命是推翻了清朝皇帝，但并没有认真破除君权观念、纲常名教和封建道德，"君

---

① 林毓生著，穆善培译：《中国意识的危机》，第16—24页，亦见于第140页。贵州人民出版社，1986年。

为臣纲，父为子纲，夫为妻纲"这一套还在人们头脑中深深扎根。辛亥革命之前民主共和的舆论准备很不够，当时主要是动员汉族起来反对满族贵族的统治，革命内容主要是反满，传统文化道德秩序并没有崩溃，并没有解体。如果真的崩溃了、解体了，如果君主专制真的已经成为人人喊打的过街老鼠，那么还会有1916年袁世凯的称帝吗？还会有1917年张勋的拥戴溥仪复辟吗？高一涵在"五四"当时就说，辛亥革命"是以种族思想争来的，不是以共和思想争来的；所以皇帝虽退位，而人人脑中的皇帝尚未退位"[1]，这个看法是符合实际的。辛亥革命吃亏的地方，就是不像法国大革命之前有一个启蒙运动，以致革命之后，封建思想、帝制思想还普遍存在于人们头脑里，认为没有皇帝不行。举个简单的例子：连杨度这样一位曾经帮助过孙中山、坚决拥护改革的人，在1915—1916年竟然也提出"共和不适于中国"，给袁世凯上表劝进，劝袁当皇帝。所以，林毓生先生所谓"辛亥革命推翻普遍君权"造成"传统文化道德秩序崩溃"这个大前提就搞错了，他没有顾及许多事实，只是出于想当然。

弄清了这个大前提，我们才能正确理解"五四"。可以

---

[1]　高一涵：《非君师主义》，载《新青年》第5卷第6号，1918（12）。

说，正是由于袁世凯和张勋接二连三的复辟，以及像康有为这样维新运动中的激进人物都主张要把孔教奉为国教，列入宪法，都拥护帝制，才引起了新一代知识分子的忧虑和深思。"五四"先驱者们觉得，中世纪的封建文化思想还深深地统治着人们的头脑，所以需要一场新文化运动以及文学革命，陈独秀在《旧思想与国体问题》一文中说得明白①：

> 腐旧思想布满国中，所以我们要诚心巩固共和国体，非将这班反对共和的伦理、文学等等旧思想，完全洗刷得干干净净不可。否则不但共和政治不能进行，就是这块共和招牌，也是挂不住的。

"五四"新文化运动就是在这样一种特定的历史条件下发生的，它实际上从思想战线的角度为辛亥革命补上了缺少的一课。

在帝制拥护者抬出孔教为护身符的情况下，《新青年》编辑部为了捍卫共和国体，不得不围绕现代人怎样对待孔子和儒家的问题展开了一场争论。1917年初，在陈独秀发动重评孔学的运动之后，吴虞从四川致信陈独秀说："不佞常谓孔子自是

---

① 陈独秀：《旧思想与国体问题》，载《新青年》第3卷第3号，1917（5）。

当时之伟人，然欲坚执其学以笼罩天下后世，阻碍文化之发展，以扬专制之余焰，则不得不攻之者，势也。"①这话确切地说明了《新青年》是被迫应战的。《新青年》上最早发表的评孔文章之一——易白沙的《孔子平议》，说理相当平实，作者认为孔子"尊君权漫无限制，易演成独夫专制之弊"；"孔子讲学不许问难，易演成思想专制之弊"；孔子思想被历代君主利用而造成许多悲剧，并不是偶然的。易白沙还认为："各家之学，也无须定尊于一人。孔子之学，只能谓为儒家一家之学，必不可称为中国一国之学。盖孔学与国学绝然不同，非孔学之小，实国学范围之大也。""以孔子统一古之文明，则老庄杨墨，管晏申韩，长沮桀溺，许行吴虑，必群起否认。"②态度比较激烈的是陈独秀。他的《吾人最后之觉悟》③《宪法与孔教》④二文指出：在民国时代定孔教为国教是倒行逆施；"三纲说""为孔教之根本教义"，"尊卑贵贱之所由分，即三纲之说之所由起也。此等别尊卑、明贵贱之阶级制

　　① 吴虞此信载《新青年》第2卷第5号"通信"栏，1917年1月。

　　② 易白沙：《孔子平议》上下篇，分别载于《新青年》第1卷第6号、第2卷第1号，1916（2）、（3）。

　　③ 陈独秀：《吾人最后之觉悟》，载《新青年》第1卷第6号，1916（2）。

　　④ 陈独秀：《宪法与孔教》，载《新青年》第2卷第3号，1916（11）。

新文学小讲

度，乃宗法社会封建时代所同然。""吾人果欲于政治上采用共和立宪制"，必须排斥此类学说。而且，"旧教九流，儒居其一耳，今效汉武之术，罢黜百家，独尊孔氏，则学术思想之专制，其湮塞人智为祸之烈，远在政界帝王之上。"（在答常乃德的信中，陈独秀又补充了一句："即孔学也以独尊之故，而日形衰落也。"①）在《复辟与尊孔》中，陈独秀又说："盖主张尊孔，势必立君，主张立君，势必复辟，理之自然，无足怪者。故曰：张、康复辟，其事虽极悖逆，亦自有其一贯之理由也。"②他由"三纲"为儒家根本思想，得出"孔教与帝制有不可离散之因缘"③的结论。

所有这些，都说明新文化运动中坚人物的评孔批孔，并不是针对孔子本身，而是针对现实中的复辟事件和"定孔教为国教"这类政治举措的。李大钊就说得明白："余之掊击孔子，非掊击孔子之本身，乃掊击孔子为历代君主所雕塑之偶像的权威也；非掊击孔子，乃掊击专制政治之灵魂也。"④当时那些

---

① 陈独秀答常乃德信，载《新青年》第2卷第6号"通信"栏，1917（2）。

② 陈独秀：《复辟与尊孔》，载《新青年》第3卷第6号，1917（8）。

③ 陈独秀：《驳康有为致总统、总理书》，载《新青年》第2卷第2号。1916（10）。

④ 李大钊：《自然的伦理观与孔子》，载《甲寅》日刊，1917年3月30日。

批评孔子学说的文章，包括陈独秀、易白沙、李大钊、胡适、高一涵以及稍后吴虞的《家族制度为专制主义之根据论》等一系列论文，分寸不当或有之，却没有全盘否定孔子或儒家，更没有全盘否定传统文化。相反，《新青年》（初名《青年杂志》）发刊词《敬告青年》中，虽然指忠孝节义为"奴隶之道德"，却规劝青年要以孔子、墨子为榜样，树立积极进取的人生态度（"吾愿青年之为孔墨，而不愿其为巢由"）。陈独秀在《再答常乃德》的通信中谈到孔子的学说："在现代知识的评定之下，孔子有没有价值？我敢肯定的说有。孔子的第一价值是非宗教迷信的态度。……第二价值是建立君、父、夫三权一体的礼教。这一价值，在二千年后的今天固然一文不值……然而在孔子立教的当时，也有它相当的价值。……孔子不言神怪，是近于科学的。"李大钊的《自然的伦理观与孔子》一文说："孔子于其生存时代之社会，确足为其社会之中枢，确足为其时代之圣哲，其说亦确足以代表其社会其时代之道德。"甚至说孔子如果活在今天，"或更创一新学说以适应今之社会，亦未可知"①。他们都称历史上的孔子为伟人、为圣哲，肯定他做出过很大贡献，只是认为他的许多思想未必适合于现

---

① 李大钊：《自然的伦理观与孔子》，载《甲寅》日刊，1917年3月30日。

代生活而已①。对于儒家以外的诸子各家，新文化运动的倡导者也有分析，其中墨家受到很高的评价。《新青年》第1卷第2号所载易白沙《述墨》一文说："周秦诸子之学，差可益于国人而无余毒者，殆莫如子墨子矣。其学勇于救国，赴汤蹈火，死不旋踵，精于制器，善于治守，以寡少之众，保弱小之邦，虽大国莫能破焉。"易白沙在文化上的理想是融合西方文化与传统文化，兼取二者之长："以东方之古文明，与西土之新思想，行正式结婚礼。"②这哪里有全盘否定传统文化的意味呢！特别应该说明的是，"五四"当时并没有"打倒孔家店"这个口号（"五四"文化口号其实只有两个：提倡"民主"，提倡"科学"，最多再加上一个"文学革命"，即使在评孔批孔最为激烈的1916年到1917年，也没有什么"打倒孔家店"的口号）。那么这种说法是怎么出来的呢？事情只有那么一点因由：1921年，新文化运动暂时告一段落，胡适为《吴虞文录》作序，用了一些文学性的说法来夸奖吴虞，序的开头说吴虞是打扫孔学灰尘的"清道夫"，末尾说吴虞是"'四

---

① 如陈独秀《孔子之道与现代生活》一文认为："中土儒者，以纲常立教，为人子为人妻者，既失个人独立之人格，复无个人独立之财产。""是等礼法……又焉能行于今日之中国！"见《新青年》第2卷第4号，1916（12）。

② 易白沙：《孔子平议》下篇。载《新青年》第2卷第1号，1916（3）。

川省只手打孔家店'的老英雄"，这才有了所谓"打孔家店"的说法。胡适这说法，原是一种文学形象，也带点亲切地开玩笑的成分，可以说是句戏言，不很准确（第一个评孔批孔的是易白沙，批孔最有力的是陈独秀，吴虞是一年后才卷进来的，怎么靠他的"只手"呢？）而且原话并没有"倒"字。后人拿胡适这句戏言，加上一个"倒"字，成了"打倒孔家店"，当作"五四"的口号，岂不有点可笑？

反对儒家"三纲"，革新伦理道德，这是"五四"新文化运动做的一件大事，也是它的一大功劳。"五四"新文化运动还做了另一件大事，就是反对旧文学，提倡新文学，发动文学革命。这也不像有些人所理解的那样，要把几千年的古典文学完全否定。陈独秀的《文学革命论》里确有那么一句话，就是"推倒陈腐的铺张的古典文学"。但只要读读上下文，就可以看出来，他所谓要"推倒的古典文学"，其实只是仿古的文学。就在这篇文章中，陈独秀用大量文字赞美传统文学里的优秀部分，他说"国风多里巷猥辞，楚辞盛用土语方物，非不斐然可观"；"魏晋以下之五言，抒情写事，一变前代板滞堆砌之风，在当时可谓文学一大革命"；"韩柳崛起，一洗前人纤巧堆朵之习，风会所趋，乃南北朝贵族古典文学变而为宋元国民通俗文学之过渡时代"；"元明剧本，明清小说，乃近代文学之粲然可观者"①……从《诗经》、《楚辞》、汉魏乐府、唐代诗文，到元、明、清的戏曲、小说，他都给予很高评价，只批判了六朝靡丽的文风和明代一味仿古的前后七子，这哪里有什么整个打倒古典文学的倾向呢？

总之，把"五四"新文化运动说成是全盘否定传统文化、导致断裂这种说法，在三个层面上说都是不恰当的：第一，这种说法把儒家这百家中的一家当作了中国传统文化的全盘；第二，这种说法把"三纲"为核心的伦理道德当作了儒家学说的全盘（"五四"时主要反对儒家学说中的"三纲"）；第三，这种说法忽视了即使在儒家文化中，原本就有非主流的异端成分存在。特别到明末清初，已经形成了具有启蒙色彩的文化，像李卓吾、冯梦龙、黄宗羲、顾炎武、颜习斋、戴震等思想家、文学家的著述，已经构成传统文化的重要组成部分。早在辛亥革命时期，邓实已经将黄宗羲等"不为帝王所喜欢"的思想称作"真正的国粹"。"五四"除接受西方科学、民主等思潮影响外，它本身就是这种"真正的国粹"的发展，何来对传统文化的全盘否定与断裂？

当然，"五四"新文化人物并非没有偏激的地方。例如

---

① 陈独秀：《文学革命论》，载《新青年》第2卷第6号，1917（2）。

对骈文、对京戏、对方块汉字、对中国人的国民性，都有一些不合适的看法，都有一些过甚其辞的地方。像钱玄同称京戏为"百兽率舞"，似乎看作是一种野蛮的戏；把骈体文骂为"选学妖孽"，把桐城派末流骂为"桐城谬种"；主张方块字要改变，走拼音的道路。陈独秀为了改变中国人在强敌面前退缩、苟安、驯顺、圆滑的品性，于是在《今日之教育方针》一文中引用日本福泽谕吉的话推崇"兽性"[①]，他自己界说所谓"兽性"就是"意志顽狠、善斗不屈"，"体魄强健，力抗自然"，"信赖本能，不依他为活"，"顺性率真，不饰伪自文"，他提倡中国人要敢于跟强敌拼争，宁死不屈，在侵略者面前要有野性的反抗，不要有奴性的驯服，意思虽然可以理解，但"兽性"这种措辞终究不妥。

不过，这些偏激之处不久就被人们所认识。拿毛泽东来说，他在抗战时期写就的《青年运动的方向》《新民主主义论》《反对党八股》等文章中，一方面对"五四"肯定得很高，另一方面也清醒地指出"五四"存在着形式主义地看问题的偏向："所谓坏就是绝对的坏，一切皆坏；所谓好就是绝对

---

① 陈独秀：《今日之教育方针》，载《新青年》（《青年杂志》）第1卷第2号，1915（10）。

的好，一切皆好。"①似乎西方的一切都好，而中国的一切都糟，毛泽东的《反对党八股》就狠狠批评了这种偏向。毛泽东在三四十年代的著作里多次讲到孔子，口气都是尊敬和肯定的，特别是在《中国共产党在民族战争中的地位》那篇文章里，讲得非常明确，他说："从孔夫子到孙中山，我们应该给以总结，承继这一份珍贵的遗产。"②他称孔子的学说是"一份珍贵的遗产"，可见他没有跟着"五四"的偏激方面走。

而且，偏激毕竟不是"五四"新文化运动的主要方面。总体上看，"五四"新文化运动是一场由理性主导而非感情用事的运动。当时提倡民主、提倡科学、提倡新道德、提倡新文学，介绍近代西方人道主义、个性主义等思潮，主张人权、平等、自由，这些都是服从于民族发展需要而做出的理性选择。胡适、周作人都鼓吹要"重新估定一切价值"，就是要将传统的一切放到理性的审判台前重新检验、重新估价。在反对了儒学的纲常伦理和一味仿古的旧文学之后，他们又提倡科学方法，回过头来整理中国古代的学术文化。鲁迅写《中国小说史略》《汉文学史纲要》，胡适写《白话文学史》《中国哲学

---

① 《反对党八股》，《毛泽东选集》，一卷本第833页，北京，人民出版社，1966年。

② 《毛泽东选集》，一卷本第522页，北京，人民出版社，1966年。

史》，进行古典小说考证，就是要用现代的观点、科学的方法重新整理研究古代文化。这就证明他们是要革新传统文化，而不是抛弃传统文化。可以说，从"五四"起，中国思想的主潮才进入现代。"五四"是一场思想大解放的运动，是把中国的历史和文化大大向前推进的运动。"五四"是接受近代中国思想文化危机的呼唤而诞生的，它本身并没有带来危机，而是基本上成功地解决了那场危机。直到今天，我们依然享受着"五四"新文化运动的成果。

"文革"与"五四"：南其辕而北其辙

诚然，"五四"启蒙和反封建思想的事业并未完成。特别是经历了20世纪六七十年代"文革"以后，人们更深刻地感受到这一点。这里必须说到"文革"、"五四"和传统文化之间到底是怎样一种关系。在我看来，"文革"并不像林毓生、陈来教授说的那样是"五四"全盘反传统文化运动的继续和发展（上面已说过，"五四"并不全盘反传统，而且毛泽东对"五四"的毛病也有认识），恰恰相反，"文革"是"五四"那些对立面成分的大回潮，是"五四"新文化运动所反对的封建专制、愚昧迷信在新历史条件下的恶性发作。"文革"和"五四"充其量只有某些表面的相似，从实质上看，两者的方向完全是南辕北辙。"文革"的出现有两个根本条件：在上面，是个人专制倾向变本加厉，中共民主生活受到严重破坏；在下面，是个人迷信盛行，某个领袖越来越不正常地被神化。两个方面上下结合，才会发生"文革"。而这二者，正是"五四"新文化运动的对立面。"五四"提倡民主，是为了反对封建专制；提倡科学，是为了反对愚昧迷信。"文革"和"五四"恰好是反方向的运动（撇开"破四旧"之类枝节现象不谈）。"文革"的发生，说明封建思想早已严重侵袭到了革命队伍内部。中国反对封建思想的斗争本是长期的事情，仅仅"五四"那几年不可能一蹴而就，启蒙必须不断地进行。大量历史事实证明，启蒙并没有（也根本不可能）因救亡而被压倒。即使在抗日战争这样的救亡高潮当中，也还有新启蒙运动，人们也还在做着大量的启蒙工作[①] 真正的问题在于：一旦封建思想侵袭到革命内部，反起来就非常困难，比一般反封建难上千百倍。因为投鼠忌器，怕伤害革命，也因为封建思想有时以革命的名义出现，用革命做护身符。延安时期丁玲发表《三八节有感》《我在霞村的时候》《在医院中》，王实味发表《野百合花》，就是在

---

① 参阅拙著：《关于中国现代文学史研究的若干问题》，收入《世纪的足音》，北京：作家出版社，1996年。

解放区里反对封建思想、反对宗法观念、反对小生产意识，然而他们却付出了沉重的代价。中国毕竟是个小农意识犹如汪洋大海的国家，封建思想几乎无处不在，人们对此缺少清醒认识。作为政治局委员、书记处书记的张闻天，抗战时期很强调新文化的民主性内容，他在1940年1月5日陕甘宁边区文化界第一次代表大会的报告中就提出新文化必须是"民主的，即反封建、反专制、反独裁、反压迫人民……主张民主自由、民主政治、民主生活与民主作风的文化"①。但毛泽东的《新民主主义论》就不强调新文化的民主性，他认为，新文化是大众的，所以必然就是民主的，民主用不着特别强调。这种认识上的偏差就可能产生某种专制倾向。如果说20世纪40年代这还只是苗头，那么到50年代末60年代初，个人专制就已发展成为巨大的、严重的现实危险。邓小平同志在70年代末深有感慨地说："没有民主就没有社会主义，就没有社会主义的现代化。"②真正说中了事情的要害。毛泽东1958年从第一线退下来后，用许多时间读《资治通鉴》、"二十四史"等大量古籍，他从历代兴亡中吸取经验、智慧和策略。现实中"三面红

---

① 《张闻天选集》，第252—253页，北京：人民出版社，1995年。
② 《坚持四项基本原则》，《邓小平文选》，第2卷，第168页，北京：人民出版社，1983年。

旗"遭遇的挫折，增强了他无端的怀疑猜忌心理。他很怕遭到斯大林死后被赫鲁晓夫鞭尸的命运，很怕中国出赫鲁晓夫①。在这种情况下，传统文化中那些赞美专制、排斥异端、愚弄民众甚至扼杀人性的消极成分，恐怕未必不会对毛泽东产生作用。像《商君书·修权》所谓"权制独断于君则威"；《荀子·王制》所谓"才行反时者杀无赦"；《论语·泰伯》所谓"民可使由之，不可使知之"；《墨子·尚同》所谓"天子之所是，皆是之；天子之所非，皆非之"等，我们难道没有从六七十年代中国的现实中看到这类思想的投影吗？以上这种种条件纠合在一起，"文革"的爆发几乎就成为不可避免的了。

为了不让"文革"悲剧重演

巴金在1979年批判"四人帮"时，曾说过这样一段非常沉痛的话②：

① 据江青对美国女记者维特克的谈话，刘少奇就因为1964年在农村社会主义教育运动介绍王光美"桃园经验"的会上讲了"30年代开调查会的方法不够用了，现在必须扎根串联"这句话，才被判定为"公然反对"毛的路线而成为"中国的赫鲁晓夫"的。毛泽东在1966年发表的《我的一张大字报》也证实了这一点。

② 巴金：《纪念"五四"运动60周年》，《随想录》，第1集，人民文学出版社，1989年。

"四人帮"之流贩卖的那批"左"的货色全部展览出来，它们的确是封建专制的破烂货，除了商标，哪里有一点点革命的气味！林彪、"四人帮"以及什么"这个人"、"那个人"用封建专制主义的全面复辟来反对并不曾出现的"资本主义社会"，他们把种种"出土文物"乔装打扮硬要人相信这是社会主义。他们为了推行他们所谓的"对资产阶级的全面专政"，不知杀了多少人，流了多少血。今天我带着无法治好的内伤迎接"五四"运动的60周年，我庆幸自己逃过了那位来不及登殿的"女皇"的刀斧。但是回顾背后血迹斑斑的道路，想起11年来一个接一个倒下去的朋友、同志和陌生人，我用什么来安慰死者，鼓励生者呢？说实话，我们这一代人并没有完成反封建的任务，也没有完成实现民主的任务。

　　这段话说得非常好，既针对着"文革"，又涉及"五四"开启的事业，都很一针见血。它可以说代表了亿万"文革"亲历者的共同心声。

　　所以，"文革"表面上是打倒一切，"封、资、修"文化全批判，实际上是封建主义大回潮和传统文化中的糟粕在起作用。它和"五四"新文化运动的根本方向是相反的。为了避免"文革"的悲剧重演，我们得出的结论应该相反，不是去否定"五四"，而是应该发扬"五四"新文化运动的启蒙理性精神，继续进行反封建思想的斗争，继续进行民主、法治建设，对传统文化和外来文化都采取实事求是的分析态度，继承一切对人民、对民族有益的好的内容，而摒弃那些反人民、反民主的有害的东西。这就是我们应该吸取的经验教训。

"五四"新文化运动与中国的家族制度 [①]
——读史札记之二

　　家族制度曾是"五四"新文化运动锋芒所向的焦点之一。陈独秀《宪法与孔教》一文在批判"三纲"说时，实际上已涉及了礼教和家族制度，认为"此等别尊卑、明贵贱之阶级制度，乃宗法社会封建时代所同然" [②]。1917年初，吴虞在《新青年》上发表了《家族制度为专制主义之根据论》，正式指出："盖孝之范围，无所不包，家族制度与专制政治，遂胶固而不可以分析。"鲁迅则在1918年5月发表了白话小说《狂人日记》，如作者自己所说，"意在暴露家族制度和礼教的弊害" [③]。他还写了《我之节烈观》《我们现在怎样做父亲》

[①] 　本文原载《鲁迅研究月刊》1999年10月号。
[②] 　载《新青年》第2卷第3号，1916年11月1日。
[③] 　《中国新文学大系·小说二集·序》，收入《且介亭杂文二集》。

等一系列论文，申述他在家族问题上的见解。影响所及，此后三十年里，新文学作品涉及大家族制度题材者，简直难以计数，其中著名的，小说如巴金的长篇《家》《春》《秋》，中篇《憩园》《寒夜》，丁玲的长篇《母亲》，端木蕻良的长篇《科尔沁旗草原》，老舍的长篇《四世同堂》，梅娘的《蟹》，路翎的长篇《财主底儿女们》，戏剧如曹禺的《雷雨》《原野》《北京人》等。其间思想倾向虽不尽相同，然对家族制度持非议乃至猛烈攻击者居多。

今天我们到底应该怎样看待"五四"新文化运动对家族制度的批判？

一

要评论"五四"新文化运动在家族制度问题上的功过，有必要先对家族制度本身做一番粗略的考察。

在原始社会初期，并无所谓家族制度。2240年前的《吕氏春秋·恃君览》中，有这样一段话形容初民时代人们的生活状况：

其民聚生群处，知母不知父，无亲戚、兄弟、夫妇、男女之别。

那时可以说还处在群婚阶段，抚养子女的责任完全由女性承担，人们只知道谁是母亲，不知道谁是父亲。那是没有家庭的母系氏族社会。因为没有家庭，所以无所谓亲戚、兄弟、夫妇，也不讲究男女的区别了。后来随着劳动工具的进步，社会有了剩余产品。男子由于体力比女子强健，有机会创造更多剩余产品，也有机会占有更多剩余产品。于是，氏族社会就逐步由母系向父系过渡，家庭、私有制也同时产生。

家庭从它产生之时起，就具有男权制的特征，而家族制度则正是男权制的扩大和系统化。所谓家族制度，大体包括以下内涵：第一，以男性为中心，尊者长者专权，父—子—孙代代传承，妇女在其中完全没有地位。第二，为保证男子血统上的绵延不断，位尊者实行公开的一夫多妻制。按照《礼记》和《春秋公羊传》的说法，秦汉以前，"天子有六宫，三夫人、九嫔、二十七世妇、八十一御妻；诸侯有九女；大夫一妻二妾；士则一妻一妾"。第三，儿子多了以后，为避免兄弟之间争斗、残杀，明确实行立嫡、立长的制度，由嫡长子——宗子优先继位。宗子这支为大宗，其余为小宗。各小宗共尊大宗。而各小宗内部又各有自己的宗子。宗子制逐渐淡化后，族长替代了宗子的某些责权。第四，设祖庙、宗祠（也是家族的法庭）共同祭祀祖先，同宗同族为亲，按血缘关系的亲疏远近及战争中功业大小，分配宗族享有的权力和财产。这从"宗族"二字的构成上也多少能看出其含义："宗"字就是一座庙与一个神（示），"族"字则是一面旗与一支箭（矢），最早也就是指那些在同一座庙里祭祀同一神灵的人们，以及在同一面旗帜下共同去作战的人们。宗族成员既然命运与共，权力、财产的分配自然也就各有其份。所有这些，都体现出宗法制共有的原则和要求。当然，家族制度的形成，也同中国这个大面积的农业社会具有比较稳定的生活、居住条件有关。如果是古代匈奴那样的游牧民族，或者像地中海沿岸主要经商的岛国，他们迁徙多，家庭分裂快，就不可能也没有必要形成多世同堂、聚族而居的大家族制度。

中国的家族制度，似乎在夏朝以前五帝时代就已有了不完备的雏形。《史记·五帝本纪》说，"轩辕时，神农氏世衰"，黄帝以三战而服炎帝，后又擒杀蚩尤，于是被各部族领袖尊为天子。黄帝共25子，有一个庞大的家族，想必这个家族的成员在战争中发挥了作用。嫘祖是黄帝的正妃，生有二子：一为玄嚣，二为昌意，后来即位的都是他们两人的子孙，可见当时已有嫡庶之分，传嫡已成制度。据说黄帝"在位百年而崩"①，儿辈大概也老了，所以继位者是他的孙子高阳（昌意之子），也就是帝颛顼。颛顼死后，由其侄子高辛（玄嚣之孙）继位，是为帝喾。喾去世，先由其子挚代立，九年后又由喾的另一个儿子、挚的弟弟放勋接位，是为帝尧。"尧立七十年得舜，二十年而老，令舜摄行天子之政，荐之于天"。②这位舜帝，就是颛顼的六世孙，同时又是尧的女婿。舜践帝位三十九年，又预荐禹于天，而禹，仍是黄帝和嫘祖的后人。舜和禹虽然分别接受了禅让，但"尧子丹朱，舜子商均，皆有疆土，以奉先祀。服其服，礼乐如之"。③享受着特别优待。足见在当时人们心目中，父子相传亦已成天经地义。从黄帝到尧、舜以至禹，这历史上的五帝时代，经历了将近三百年，其实就是一个轩辕氏家族当政的王朝。司马迁说："自黄帝至舜、禹，皆同姓而异其国号，以彰明德。"④其间，一边有相互的禅让，另一边也有尖锐的争夺。据《孟子》《史记》等书，舜的异母弟象，为了争夺财富并占有嫂子，就处心积虑要暗害舜，一次放火，一次活埋，两次都几乎要了舜的性命，足

---

① 《史记集解》依皇甫谧《帝王世纪》所作的注。
② 见于《史记·五帝本纪》。
③ 均见于《史记·五帝本纪》。
④ 见于《史记·五帝本纪》。

　　　　　　　　　　　　　　　新文学小讲

见家族内部的斗争有时也到了相当白热化的程度。

夏代自启以后，大体都是父子世袭。在商代，则是子继父位与弟承兄位相交替。值得注意的是，殷商卜辞中已有了大宗、小宗的区分，似乎表明子继父位仍是商代的基本原则。到周代，又完全恢复了父子世袭，而且明确规定传位给嫡长子，保证了王朝统治稳定地延续达八百多年。周代大概是礼制和家族制度形成得较为完备的一个朝代；它的"兴灭国，继绝世"的政策，也使封建制在一些重要环节上得以完善，促进了大家族制度的发展。这些主要是周公旦的贡献。当时成王年幼，以个人才能和掌握的权力而言，周公旦完全有可能接管天子大权；但他顾全大局，坚持礼制，模范地执行王命，后来就成了儒家心目中的典范（孔子做梦都梦见周公）。

但中国几千年家族制度并非完全自发地发展下来，它实际上受了儒家思想的很大影响。儒家充分肯定周公旦手里形成的礼制，把家族制度看作整个社会的基础和柱石，他们的仁政、礼治全是从家族推广出去的。儒家的伦理道德的核心是孝、弟（悌）。孝是孝敬父母，尊敬祖先，这是维持父子血统关系绵延不断的保证，是纵向的。弟是兄弟友爱，乃家族和睦的保证，是横向的。把这两者再推广、扩大，用孝的精神向上事君，那就是忠；用弟的精神横向对待朋友和一切人，那就是恕。孝、弟、忠、恕合起来，那就是儒家的仁。在儒家看来，孝弟也者，为人之本。"其为人也孝弟，而好犯上者，鲜；不好犯上而好作乱者，未之有也"①。他们认为，通过孝、弟才能实现忠、恕，只有维护家族制度才能维护封建社会的统治秩序。所以钱穆说，"中国文化，全部都从家族观念上筑起"；并且说："孔子虽然不讲上帝，不近宗教，但孔子却有一个教堂。家庭和宗庙，便是孔子的教堂。"②钱穆和"五四"新文化运动先驱者的立场根本不同，但所得结论却大致相同，因为这确实是中国历史上的真相。可以说，儒家自觉地使中国的家族制度与巩固封建统治秩序的历史要求相适应，并使之完善化、理论化，其结果，则是形成了君、父、夫并尊的"三纲"学说。这种制度和学说，在中国几千年封建社会的发展中，发挥了巨大的作用，绝不可等闲视之。对此，只有进行历史的具体的考察，才能得出比较科学的看法，不致陷入简单片面的弊病。

---

① 《论语·学而》中有子的话。

② 分别见于钱穆《中国文化史导论》修订本第三章、第四章，商务印书馆1994年6月修订版，第51、84页。

二

中国历代王朝，无例外地，都要依靠宗法家族制度来延续自己一姓的统治。士大夫也需要凭借家族关系扩展、巩固自己以及子孙的势力。而从西汉武帝时起，自觉维护家族制度的儒家，又在两千多年中一直处于独尊的地位，他们的主张被各个王朝利用国家政权的力量加以推行（如汉代起的"举孝廉"）。这两方面的条件结合在一起，遂使家族制度与宗族观念在中国得以繁衍盛行，根深蒂固。

两汉到魏晋南北朝，已有三世、四世同居共财的家庭。还有五世、六世乃至九世同居的，一家男女多达一两百口。至于聚族而居的情形，更属多见。即使因避战乱从中原向南方迁徙，往往也是整个家族采取行动（闽、粤、赣等地的客家人，多属此类情形）。直到清朝初年，顾炎武走遍全国考察民情时，还在北方看到一些大家族。在山西省闻喜县，顾炎武就看见一个很大的村落，名叫裴村，村中几千人家都姓裴，他们从唐朝留传下来，近千年一直聚族而居。这种大家族制度，对于中国封建宗法社会的稳固，无疑起到了很大的作用。如果要讨论中国封建社会何以延续达三千年之久，恐怕家族制度是一个很重要的原因。

具体来说，历史上的家族制度，所发挥的比较独特的功能，似乎可归结为以下三个方面。

第一，在政治上，士绅作为家族制度的代表，成为中国封建社会的支柱和中坚力量。宗族家训中就有这样的规定："公赋乃朝廷军国之急，义当乐输者，凡我子侄，差粮限及时上纳。"①他们平时是纲常伦理的维护者、封建王室的拥戴者，一到非常时期，则成为各个朝代的忠实捍卫者。大家族在地方上有自卫的武装，到局势不稳时，这些武装就能发挥作用。魏晋南北朝时期，北方的少数民族入侵，东晋的官方力量南迁，而北方各地的汉族大家族就组织武装力量反抗，拉起许多队伍。后来双方妥协，虽然北方少数民族领袖当了君主，但主政的中上层官员还是这些士族大家族的头面人物。几十年、上百年下来，这些少数民族上层人物反而被同化了。在宋代，北方的汉族士绅在反抗金兵入侵方面，也有突出的表现，像辛弃疾，就在山东组织领导当地乡民武装抗金。当农民起义发生时，激烈地对抗起义军的，也往往是大家族的士绅力量。元末红巾军起事，处州士绅吕文燧、吕文煜兄弟曾招募族中子弟与

① 《义门家训》，见《义门陈氏大同宗谱》卷四。

新文学小讲

义军顽固对抗。①明末有名的农民起义军领袖李自成，就是在湖北九宫山被当地的大家族武装杀死的。清代的曾国藩和他的家族，在对抗太平天国农民起义方面，更是发挥了极大的作用。经过严酷的反复较量，最后终于用他们的地方武装加上扩编的正规军，打败了太平天国的军队。可见，大家族在政治上和军事上都很有号召力。

第二，在经济上，家族内部实行某种程度的利益均沾乃至公共的财产制度，作为家族成员保持凝聚力的物质基础。那些四世同堂、五世同堂的大家庭，全家几十口、上百口人共同生活，收入钱财归公，开销统一支配，到了实在支撑不下去时才分开过。即使分拆成小的家庭，同宗的人仍保持着家族关系，保留了一部分公积金，其收入用来周济族内的贫穷户、困难户。这叫作义庄、义田，是由族内富裕家庭主动捐献出一部分土地成立的。首创者是宋朝的范仲淹，他以自己官俸所得，在平江（今苏州）购田千余亩，用作恤贫济困，使族中贫者"日有食，岁有衣，婚娶凶葬皆有赡"②；这种制度后来普遍盛行于中国各地。明清时期介绍义田"赡族"的情形说："其婚嫁

---

① 据宋濂《故嘉兴知府吕府君墓碑》，收入《宋学士文集·芝园续集》卷二。

② 宋钱公辅《义田记》。

之失也，则有财以助之；其寒也，则为之衣；其疾也，则为之药；其死也，则为之殓与埋。"①此外，一些家族还设有义塾、学田、社仓等公产形式。义塾免费为本家族少年儿童开设学校，提供教育。学田则是用作教育经费的族里公共田地。社仓是农村在丰年时积谷以对付凶年、灾荒的一种办法，据说宋代的朱熹曾经营过。这些措施的实行，一方面可以增进家族内部的向心力，另一方面也减轻了整个社会的经济压力，有助于社会的稳定发展。

第三，家族制度在文化发展上也是有贡献的。正像陈寅恪所指出的，文化需要多代积累，真正有深厚文化教养的人才，往往出现在富有积累的世家子弟中。其间就有家族制度所做的无形的贡献。尤其像家谱、族谱，每个大家庭、大家族几乎都会参与修撰。有的家族谱系长达一两千年，因而保留了许多珍贵的史料。这同样是一种文化建设。孔子的家族，几乎可以整理出3000多年的谱系：据《史记》所载，孔子的祖上本来是春秋时代宋国贵族，从孔子的五世祖起，因避难而迁到鲁国。他的家世，可以上溯到宋国的一位君主愍公，再由那位君主直溯到宋国的始封——商代末年纣王的庶兄微子。这样，在孔子以

_____

① 《京兆归氏世谱·归氏义田记》。

新文学小讲

前已经有1000多年历史。而孔子以后，一直到当今2500多年后的77代孙，则更是完完整整都有姓名可供查考的。家族谱系详尽到这种程度，世界上除中国外，恐怕再没有第二个国家会有。而且一个家族中如果有人迁徙，族谱内也会有记载，由此也可以考察出战争等社会变乱留下的痕迹。再有，像私家园林的发展，特别是明、清两代的江南园林艺术，也都和大家庭的修建、保护分不开。至于在民宅建筑方面，家族制度更为它留下了深刻的印记。现时福建西部、江西南部、广东东部的一些团城式建筑群（围屋）、石头碉堡式建筑群（寨子），几乎都是古代由中原迁到那里的客家人大家族修建的。一座建筑高达数层，防守严密，不怕水淹，又不怕火攻，可以住几十户、百多户家庭，遇到非常情况可以让几百人关起寨门生活几个月，而且经历数百年风风雨雨还能完整地保存下来，这是大家族的一种独特创造。

总之，中国的家族制度在行政自治、军事防卫、经济互助、文化发展方面，都有一些很值得重视的成就，在历史上确实发挥了自己的作用。

但是，中国的家族制度也有相当严重的消极面，而且越到后来，这些消极面越来越显得严重和突出。

第一，家族制度以维护男权制的父子继承血统关系为核心，完全剥夺了妇女的权利。本来，所谓血统，应该既有父亲，也有母亲，是包括了男女两种性别才能构成的关系。但中国的家族制度根本忽视女性的存在。儒家把父子的重要性看得远远超过夫妇，认为夫妇可合亦可离，父子关系体现生命的绵延不绝。孔子本人就有点轻视妇女，说什么"唯女子与小人为难养也，近之则不逊，远之则怨"。后来的儒家不但规定了"夫为妻纲"，而且规定妇女在丈夫死后必须守节。程颐竟说什么"饿死事极小，失节事极大"。社会上形成了一种观念，好像妻子是丈夫的衣服，需要时穿上，不需要了可以随时脱下；对为妻者有所谓七出的条规，只要七个条件（不生孩子、不孝公婆、说话无礼、偷窃东西、嫉妒小妾、淫佚、有病）中占上一条，丈夫就可以把妻子赶走。《三国演义》第十九回里那个忠孝双全的猎户刘安，为了显示对刘备的忠心，竟然杀了妻子从她腿上割下肉来给刘备做下酒菜。宋朝诗人陆游和妻子感情很好，但因为他母亲不喜欢这个媳妇，就以"不孝"的罪名强迫儿子和媳妇离婚，有一出戏《钗头凤》就讲这个故事。总之，家族制度中由于妇女完全没有地位，从古到今不知道制造和演出了多少悲剧。直到"五四"运动前一年，全国许多地方还在继续发生着族长处死族内"不贞"的女子，以及未婚夫病故，十七八岁的未婚妻就自杀殉夫，或者抱着丈夫的木头牌似拜堂终于守寡一辈子的悲惨故事。

第二，家族制度束缚着商业与手工业的发展。儒家轻商，所谓"父母在，不远游"，当然不利于商业、手工业的兴盛。而大家庭在其内部实行吃大锅饭的办法，更难以获得成员持久认可。家族制度在经济上要求的，充其量是小范围内的自给自足与乡村自治，而商业与手工业的发展则要求大范围的市场交易以便货畅其流，二者的矛盾冲突也是显然的。通常所说的士、农、工、商四类人中，其利益与要求很不一样：士、农两类自发地依附于家族制度，或与家族制度比较适应（所谓"穷家难舍，热土难离"，便是束缚于土地的农民的特性；士则向往读书做官，也要求相对稳定富足的大家庭生活）；而商人与手工业者则在其经营过程中，总是要求能灵活地流转、迁徙，总是要求突破大家族的控制而建立小家庭。春秋战国时代的秦国，曾用商鞅之法实行鼓励小家庭的政策，规定"民有二男以上不分异者，倍其赋"，其结果造成秦国的富强："行之十年，秦民大悦，道不拾遗，山无盗贼，家给人足"[1]，后来并出现了吕不韦这样的大商人。汉朝初年也曾出现不少富商

---

[1]　均见《史记·商君列传》。

巨贾。但汉代实行重农抑商政策，一方面独尊儒术，强化家族制度，另一方面对商人很不放心。文帝、景帝时期就下令将富商、任侠及其他所认为的"危险人物"，集中迁徙到五陵原上加以管制监督；到武帝时更进一步实行盐铁官营，限制商业、手工业的活动。以后的一些朝代，也不断强化家族制度，实行封闭式自给自足经济；明后期至清代则甚至实行海禁。所有这些，当然更严重妨碍和束缚着商业、手工业的兴盛。

第三，家族制度以其自身的专制倾向，易于压制个性，最终导致腐败。大家庭有家长，大家族有族长，他们作为家族制的代表，常常与年轻一代的个性自由要求相对立。如果家长、族长开明一点还比较好；可惜许多家长、族长都有专制和滥用权力的倾向。例如，对儿女的婚姻大事，往往只按家族利益所要求的"门当户对"原则来考虑，由父母包办，根本不许青年人有自己的爱情选择，因而带给他们的只是痛苦。家庭事务方面，子女同样没有发言权，只能依从父母。在长辈专权，而权力又缺少制约、缺少监督的情况下，家族制度只能走向腐败。《红楼梦》里的宁国府，就只剩下门前一对石狮子还干净；荣国府中贾宝玉形象的出现，更预示着大家族制度的必然崩溃。当族长和其他掌权人掌管族中公产经营权，掌管义庄、义塾、学田这些可以获利的部门时，就更加容易腐化。吴组缃的中篇小说《一千八百担》，就写族里掌权人出于私利而互相勾心斗角，各自拼命要从义庄、学田、义谷中捞取好处。它和巴金的长篇《家》《春》《秋》，曹禺的剧本《北京人》一样，都是家族制度走向腐败的一幅幅缩影。

所以，中国的家族制度在历史上既发挥了作用，有自己的贡献，也存在严重的问题——尤其到它的后期。这就是"五四"新文化运动终于要向家族制度发动致命一击的原因。

三

《新青年》创刊不久，陈独秀就从提倡民主、反对专制、反对奴从的原则高度，批判了儒家的"三纲"学说。他在《一九一六年》一文中明确指出：

> 儒者三纲之说，为一切道德政治之大原。君为臣纲，则民于君为附属品，而无独立自主之人格矣。父为子纲，则子于父为附属品，而无独立自主之人格矣。夫为妻纲，则妻于夫为附属品，而无独立自主之人格矣。率天下之男

女，为臣，为子，为妻，而不见有一独立自主之人者，三纲之说为之也。缘此而生金科玉律之道德名词，曰忠，曰孝，曰节，皆非推己及人之主人道德，而为以己属人之奴隶道德也。人间百行，皆以自我为中心，此而丧失，他何足言？奴隶道德者，即丧失此中心，一切操行，悉非义由己起，附属他人以为功过者也。[①]

真是痛快淋漓的振聋发聩之言，它标志着思想史上一个新时代的开始。陈独秀还在其他文章中，指称"忠孝并为一谈，非始于南宋，乃孔门立教之大则也"；他依据"礼者，君之大柄也"，"非礼无以辨君臣、上下、长幼之位也"一类经典性说法，认为以"三纲"为核心的礼教，维护的正是君主为首的封建等级制度[②]。"三纲"学说本与儒家主张的家族制度有极密切的关系，其中父、夫两条原属这一制度的基本内容，另一条君权更属家族制度所要服务的主旨。既然"三纲"学说受到批判，也就预示着家族制度很可能成为新文化运动涉及的目标之一。果然，不出数月，吴虞即写了《家族制度为专制主义之根

---

① 载《青年杂志》第1卷第5号，1916年1月15日出版。
② 均见《宪法与孔教》，载《新青年》第2卷第3号，1916年11月1日出版。

据论》①，由"君父并尊，为儒教立教之大本"，推断家族制度实为君主专制之基础："求忠臣必于孝子之门"，"盖孝之范围，无所不包，家族制度之与专制政治，遂胶固而不可以分析。而君主专制所以利用家族制度之故，则又以有子之言为最切实。……其于销弭犯上作乱之方法，惟恃孝、弟以收其成功。"吴虞还认为："欧洲脱离宗法社会已久，而吾国终颠顿于宗法社会之中而不能前进。推其原故，实家族制度为之梗也。"吴虞的立论不无道理，但并未做出学理上的具体论证，且对家族制度本身的论述亦失之浮泛。真正深入到这一制度的核心内容里做出剖析者，倒是鲁迅。

针对家族制度中妇女全无地位却又负荷着深重痛苦的状况，鲁迅在《我之节烈观》一文中进行了尖锐的揭露和诚恳的讨论。他严厉谴责了男尊女卑、"妇者服也"、"饿死事小，失节事大"、男子可以多妻，妇女必须守节一类"畸形道德"。鲁迅说："道德这事，必须普遍，人人应做，人人能行，又于自他两利，才有存在的价值。现在所谓节烈，不特除开男子，绝不相干；就是女子，也不能全体都遇着这名誉的机会。所以决不能认为道德，当作法式。"他指出，所谓"节

---

① 吴虞此文载《新青年》第2卷第6号，1917年2月1日出版。

烈"，事实上是一种"无主名无意识的杀人团"，使许多妇女"不幸上了历史和数目的无意识的圈套，做了无主名的牺牲"。"皇帝要臣子尽忠，男人便愈要女人守节。……然而自己是被征服的国民，没有力量保护，没有勇气反抗了。只好别出心裁，鼓吹女人自杀"。"这一类无主名无意识的杀人团里，古来不晓得死了多少人物"。用小说《狂人日记》主人公的话来说，也就是："我翻开历史一查，这历史没有年代，歪歪斜斜的每叶上都写着'仁义道德'几个字。我横竖睡不着，仔细看了半夜，才从字缝里看出字来，满本都写着两个字是'吃人'！"鲁迅郑重宣告，在"人类眼前早已闪出曙光"的"二十世纪"，节烈之类"无益社会国家，于人生将来又毫无意义的行为，现在已经失了存在的生命和价值"。文末，鲁迅虽然面向未来却仍感沉痛地大声疾呼：

　　我们追悼了过去的人，还要发愿：要除去于人生毫无意义的苦痛。要除去制造并赏玩别人苦痛的昏迷和强暴。

　　我们还要发愿：要人类都受正当的幸福。①

---

　　① 《我之节烈观》，载《新青年》第5卷第2号，1918年8月出版。

　　　　　　　　　　　　　　　　　新文学小讲

这也就是说，"五四"先驱者诚挚地希望在中国能建立一种崭新的男女平权的家庭，以替代几千年来妇女受尽痛苦的旧式家族制度！

鲁迅向家族制度提出的另一问题，是革除长者本位观念，代之以幼者本位思想。这是中国家庭制度变革中的又一个根本性命题。他在《我们现在怎样做父亲》①中开门见山说："我作这一篇的本意，其实是想研究怎样改革家庭；又因为中国亲权重，父权更重，所以尤想对于从来认为神圣不可侵犯的父子问题，发表一点意见。总而言之：只是革命要革到老子身上罢了。"鲁迅指出："生命何以必需继续呢？就是因为要发展，要进化。……所以后起的生命，总比以前的更有意义，更近完全，因此也更有价值，更可宝贵；前起的生命，应该牺牲于他。但可惜的是中国的旧见解，又恰恰与这道理完全相反。本位应在幼者，却反在长者；置重应在将来，却反在过去。""中国的'圣人之徒'……以为父对于子，有绝对的权力和威严"；"他们的误点，便在长者本位与利己思想、权利思想很重，义务思想和责任心却很轻。以为父子关系，只须'父兮生我'一件事，幼者的全部，便应为长者所有。尤其

---

① 载《新青年》第6卷第6号，1919年11月出版。

堕落的，是因此责望报偿，以为幼者的全部，理该做长者的牺牲。"在鲁迅看来，这些"误点"，连同"三年无改于父之道，可谓孝矣"一类曲说，以及"割肉饲亲"一类不合理的倡导，都是"退婴的病根"。鲁迅认为："中国旧理想的家族关系、父子关系之类，其实早已崩溃。这也非'于今为烈'，正是'在昔已然'。历来都竭力表彰'五世同堂'，便足见实际上同居的为难；拼命的劝孝，也足见事实上孝子的缺少。而其原因，便全在一意提倡虚伪道德，蔑视了真的人情。"鲁迅倡导一种"离绝了交换关系利害关系的爱"作为"人伦的'纲'"。他主张："觉醒了的父母""对于子女，应该健全的产生，尽力的教育，完全的解放"；"自己背着因袭的重担，肩住了黑暗的闸门，放他们到宽阔光明的地方去；此后幸福的度日，合理的做人。"

鲁迅向家族制度提出的第三个问题是：拒绝没有爱情的婚姻。这里大概触动着鲁迅本人的伤痛，我们可以感受到鲁迅感情的创口仍在流血。的确，家族制度带给中国人的，绝大多数是没有爱情的婚姻。正像一位不相识的青年写给鲁迅的短诗《爱情》中说的那样：

　　我是一个可怜的中国人。爱情！我不知道你是什么。

我有父母，教我育我，待我很好；我待他们，也还不差。
我有兄弟姊妹，幼时共我玩耍，长来同我切磋，待我很好；
我待他们，也还不差。但是没有人曾经"爱"过我，我也
不曾"爱"过她。

　　我年十九，父母给我讨老婆。于今数年，我们两个，
也还和睦。可是这婚姻，是全凭别人主张，别人撮合：把
他们一日戏言，当我们百年的盟约。仿佛两个牲口听着主
人的命令："咄，你们好好的住在一块儿罢！"

　　爱情！可怜我不知道你是什么！①

鲁迅称这诗"是血的蒸气，醒过来的人的真声音"。鲁迅
在《随感录四十》中坦率承认："爱情是什么东西？我也不知
道。中国的男女大抵一对或一群——一男多女——的住着，不
知道有谁知道。""然而无爱情结婚的恶结果，却连续不断的
进行。形式上的夫妇，既然都全不相关，少的另去姘人宿娼，
老的再来买妾：麻痹了良心，各有妙法。"怎么办？向女方要
求离婚吗？我们听到了鲁迅夫子自道般深沉痛苦的声音："但
在女性一方面，本来也没有罪，现在是做了旧习惯的牺牲。我

_____

　　① 引文见于鲁迅《随感录四十》（载《新青年》第6卷第1号，1919年1月
15日出版）。

们既然自觉着人类的道德，良心上不肯犯他们少的老的的罪，又不能责备异性，也只好陪着做一世牺牲，完结了四千年的旧账。做一世牺牲，是万分可怕的事；但血液究竟干净。声音究竟醒而且真。"因此，鲁迅主张："我们能够大叫，是黄莺便黄莺般叫；是鸱鹗便鸱鹗般叫。……我们还要叫出没有爱的悲哀，叫出无所可爱的悲哀。……我们要叫到旧账勾消的时候。旧账如何勾消？我说，'完全解放了我们的孩子！'"这简直是鲁迅带血的独白和控诉！

总之，无论从男女地位、父子关系、婚姻制度哪方面说，鲁迅都对中国的家族制度进行了猛烈的抨击，并从根本观念上做出一系列建设性的探讨。这些文章是中国思想史进入现代的辉煌文献！

对中国的家族制度从理论上深入展开批判的，稍后还有实业家卢作孚。他是"五四"新文化运动的积极支持者，少年中国学会会员。他在20世纪30年代初就提出中国应实现国防、交通电讯、工农产业、文化科学的"四个现代化"，认为"内忧外患两个问题，却只须一个方法去解决，这个方法就是将整个中国现代化"[1]。他从自身长期社会实践中，认识到家族

---

[1] 《建设中国的困难及其必循的道路》，连载于《大公报》1934年8月2日至11日。

　　　　　　　　　　　　　　　　　新文学小讲

制度是中国实现"四个现代化"的严重障碍，并写了《社会生活与集团生活》《建设中国的困难及其必循的道路》《民生公司的三个运动》《社会动力与青年的出路》等文做出阐释。在《建设中国的困难及其必循的道路》这篇长文中，卢作孚指出："中国人只有两重社会生活——第一重是家庭，第二重是（由父的家族、母的家族扩大而成的）亲戚邻里朋友。""家庭以外的社会关系必用家庭的关系去解释，用家庭的道德条件去维系。就天下说：君父、臣子，是以父子解释君臣的关系；君主、臣妾，是以夫妇解释君臣的关系。就地方言：官是父母官，民是子民，是以父母子女解释官民的关系。人臣的道德条件是要移孝作忠。为官的道德条件是要爱民如子，是用了家庭的道德条件去维持大则天下、小则地方的关系。尊称朋友为仁兄，自称为愚弟，先生便是父兄，学生称为弟子，更可见得没有一种社会生活不笼罩以家庭的意义。"在家族制侵袭下，连新建立的现代社会集团，也容易变质为单纯由家人、乡亲控制的只知维护私利的帮派："于是乎训练陆军成功了北洋系，分化为直系和皖系，训练了海军成功了闽系，整理铁路成功了交通系……总之，在任何新的事业之下，仍自成功了一群亲戚邻里朋友，彼此相为，而不能成功新的集团，为着事业。"卢作孚正面提出，为了实现国家现代化，必须相应地组织新的现代的集团生活，建设健全的合理的事业单位，打破家庭、家族、亲友的关系，按现代集团生活的要求重新训练人才，实行用人唯贤原则，建立新的比赛标准和新的人际依赖关系。他对未来社会做了如下描绘："我们的预备是每个人可以依赖着事业工作到老，不至于有职业的恐慌，如其老到不能工作了，则退休后有养老金，任何时间死亡有抚恤金。公司要决定住宅区域，无论无家庭的有家庭的职工，都可以居住，里边要有美丽的花园、简单而艺术的家具，有小学，有医院，有运动场，有电影院和戏院，有图书馆和博物馆，有极周到的消费品的供给，有极良好的公共秩序和公共习惯，凡你需要享用的，都不需要你自己积累甚多的财富去设置，凡你的将来和你儿女的将来，都不需要你自己积聚甚多的财富去预备，亦不需要你的家庭帮助你，更不需要你的亲戚邻里朋友帮助你，只需要你替你所在的社会努力地积聚财富，这一个社会是会尽量地从各方面帮助你的，凡你所需要，他都会供给你的。"卢作孚用自己真正的现代社会理想来改造旧的宗法制农业社会，并且取得了相当的成功。他所领导、管理的民生实业公司以及一系列企业的发展，就是一个证明。

在中国家庭制度从古代向现代的转变过程中，"五四"新文化运动的巨大功绩是永远不可磨灭的。它首次在历史上用现代观念批判了中国古老的家族制度，提出了男女平等、幼者本位、婚姻自主以及建立新的人际依赖关系（社会为人人，人人为社会）等崭新的思想，并将这些思想普及到知识青年中去，使家庭作为社会细胞从几千年来为宗法制君权服务转而纳入现代民主主义的制度体系。"五四"新文化运动不愧为一场真正的启蒙运动和思想革命，为中国的现代化开辟了道路。"五四"和稍后时期对家族制度的批判，正显示着这场思想革命的深度。

如果说"五四"对家族制度的批判也有缺点的话，那是由于它过分着眼于当时的社会需要，对这一制度的道德评价较多，而对制度本身缺少社会历史的分析和科学的探讨。事实上，家族制度本身也是应某种历史的要求而出现的。它在中国几千年封建社会的前期和中期，对于推进社会的稳步发展，做出过积极的贡献，虽然这种贡献又以对商业、手工业的束缚并使社会板结停滞为代价。即使在封建社会后期，它的消极成分和不合理性日益显得突出之时，在政治、文化建设的一些方面也继续保有某种积极的作用。只有到西方民主主义和社会主义思潮深入中国，现代产业、现代科学思想也在中国有了初步基础之后，它的腐朽方面才彻底显露，从而失去存在的根据并完全风化。认识家族制度曾经让中国人特别是中国的妇女和青年付出巨大牺牲即认识它的"吃人"本质是必要的，但任何事物的评价归根结蒂仍要看对于社会历史的推动作用如何而定。道德评论可以引起感情好恶，却毕竟不能代替历史的科学的评价。正是在这方面，"五四"新文化运动又显露出难以回避的局限性。

1999年4月30日写毕于巴黎

现代小说的发展历程 ①
　　——为《中国大百科全书·中国文学卷》作

　　现代中国小说的主体，是"五四"文学革命声中诞生的一种用白话文写作的新体小说。它取法欧洲近代小说，却植根于现实生活的土壤，既不同于中国历来的文言小说，也迥异于传统的白话小说。和中国封建时代许多小说表现帝王将相、才子佳人的内容相对立，现代小说以日常生活中普通的农民、工人、知识分子和市民为重要描写对象，具有现代民主主义的思想色彩，不少作品还体现了科学社会主义思潮的影响。在艺术表现上，性格小说大量出现，心理刻画趋于细密，全知式叙述角度有所突破，现实主义创作方法得到遵循，这些也都构成了"五四"以后新小说与实际生活大为接近的显著特点。尽管

---

　　①　本文系与陈美兰教授合作撰写。

章回体小说在现代依然存在，但这些作品也程度不同地吸收了新小说的思想艺术营养，并逐步朝新小说方面转化。中国小说从"五四"时期起，跨进了一个与世界现代小说有共同语言的崭新阶段。

20世纪二三十年代小说创作的发展和繁荣 现代小说一开始就密切关心现实人生问题。提倡"文学革命"的《新青年》和最早成立的新文学团体文学研究会，既反对封建的载道文学，也反对鸳鸯蝴蝶派的游戏文学，他们主张文学"为人生"。"问题小说"在"五四"时期的风行，便是这种潮流的一个突出标志。倡导者从启蒙主义的思想立场出发，认为"问题小说，是近代平民文学的产物"（周作人《中国小说里的男女问题》）。现代小说的第一篇作品——鲁迅的《狂人日记》，就提出了家族制度和封建礼教"吃人"这个重大问题。叶绍钧的《这也是一个人？》，汪敬熙的《谁使为之？》，罗家伦的《是爱情还是苦痛？》，冰心的《两个家庭》《斯人独憔悴》，朴园的《两孝子》，以及庐隐、王统照、孙俍工等的一些小说，或提出人生目的意义问题，或提出青年恋爱婚姻问题，或提出妇女人格独立和教育问题，或提出父与子两代人冲突问题，或提出破除封建旧道德束缚问题。此外，也有作品涉及劳工问题、儿童问题，等等。这类小说对社会问题的答案并不一致，不少作品用美和爱的浪漫主义空想当作解决现实问题的钥匙（冰心和叶绍钧、王统照最初的小说都有这种倾向，许地山则还有宗教哲理色彩）；有的连答案都没有，属于所谓"只问病源，不开药方"；但"不开药方"本身，也正是"问题小说"的特点之一。

真正显示了"五四"到大革命时期小说创作的现实主义特色的，是鲁迅以及在鲁迅影响下的文学研究会、语丝社、未名社一部分青年作家。他们的短篇小说，描绘了各地颇具乡土色彩的落后、闭塞的村镇生活，提供了中国农村宗法形态和半殖民地形态的宽广而真实的图画，获得了显著的成就。其中鲁迅的《呐喊》《彷徨》，更以圆熟单纯而又丰富多样的手法，通过一系列典型形象的成功塑造，概括了异常深广的时代历史内容，真实地再现了中国人民特别是农民在获得无产阶级领导前的极度痛苦，展示了乡土气息与地方色彩颇为浓郁的风俗画，代表了"五四"现实主义的高度水平。很早就有评论者指出："他的作品满薰着中国的土气，他可以说是眼前我们唯一的乡土艺术家。"（张定璜《鲁迅先生》）正是在鲁迅的开拓与带动下，新文学第一个十年的后期出现了一批乡土文学作者，如潘训、叶绍钧、蹇先艾、许杰、鲁彦、彭家煌、废名、许钦文、台静农、王任叔等，使这类小说获得很大的发展。新体小说从最初比较单纯地提出问题到出现大批真实再现村镇生活的乡土文学作品，标志着小说领域里现实主义的逐步成熟。

但"五四"是一个开放的时代，现实主义之外，浪漫主义、象征主义、自然主义、唯美主义、新浪漫主义以及总称为现代主义的表现主义、未来主义、达达主义等文艺思潮连同弗洛伊德精神分析学说，也同时介绍到中国。创造社主要作家的小说创作，便兼有浪漫主义和现代主义的特征。他们之所以被称为"异军突起"，主要因为创作上与倡导写实主义的《新青年》、文学研究会的作家显示了很大的不同。由郁达夫、郭沫若、陶晶孙、倪贻德、叶鼎洛、滕固、王以仁、淦女士等所代表的创造社这个流派的小说，基本上是一些觉醒而愤激不得意的新型知识青年的自我表现，带有浓重的主观抒情色彩和自我寄托成分（稍有不同的是张资平，他最早的一些小说还是自然主义或现实主义居多）。从郁达夫的《沉沦》起，坦率的自我暴露、热烈的直抒胸臆、大胆的诅咒呼喊、夸张的陈述咏叹，便构成了创造社小说的浪漫主义基调，与叶绍钧、许杰、彭家煌以及稍后的鲁彦等作家对现实本身所作的冷静描写和细密剖析迥然相异。此外，创造社一部分作家的小说还具有现代主义成分。郭沫若、郁达夫都在不同程度上受过德国表现派文学的影响（这从郭沫若的《喀尔美萝姑娘》、郁达夫的《青烟》都可以看出来）。郭沫若的《Lobenicht的塔》《残春》，陶晶孙的《木犀》等小说，则按弗洛伊德学说分析心理，描写"潜在意识的一种流动"；有的作品还运用了意识流手段。从这个意义上说，他们为后来的现代派小说开了先河。创造社的浪漫主义、现代主义倾向，曾使浅草、沉钟等社团受到影响。但随着作家接触社会生活的增多和世界观的变化，郭沫若不久就批判了弗洛伊德学说并否定了浪漫主义，郁达夫的小说自《薄奠》以后，也逐渐增多了现实主义成分，创造社与文学研究会的一些重要作家后来终于殊途而同归了。

无产阶级革命文学在1928年被作为口号提出而且形成运动，这是作家们接受国内大革命浪潮和国际左翼文艺思想影响的结果。一部分作家开始自觉地把文学作为无产阶级革命斗争的武器，使小说的题材、主题都发生重大的变化。革命斗争生活和革命工农形象开始进入小说创作。作品中的战斗意识明显加强。但"左倾幼稚病"也严重侵袭着这个运动。表现在创作上，把浪漫主义等同于唯心主义和没落阶级意识而做了全盘否定；对现实主义又加以种种庸俗化、简单化的理解（如强调必须写出"集体的群象"之类）；加上作者本身存在的浓重小资产阶级意识，这就导致了忽视文艺特征的"辩证唯物论的创作方法"和创作中"革命加恋爱"的公式化倾向的流行。初期无产阶级革命文学的这些功绩和弱点，在以蒋光慈为代表的后期创造社和太阳社的小说中得到了明显的反映。

1930年，中国左翼作家联盟的成立促进了小说创作的发展。这个时期的作品，无论在反映现实的深度、广度与艺术本身的成熟程度上都有新的进展，中长篇小说尤其获得丰收。代替"五四"以后男女平等、父子冲突、人格独立、婚姻自由等反封建题材为主题的，是城市阶级斗争与农村革命运动的描画。不少作者力图应用马克思主义文艺理论来指导创作实践，既克服"革命的浪漫蒂克"、"用小说体裁演绎政治纲领"等不正确倾向，也注意防止单纯"写身边琐事"的偏向。丁玲、张天翼、柔石、胡也频、魏金枝等给文坛带来了新鲜气息的作者，正是在这种情况下受到了重视。左翼作家参与或亲历实际革命斗争，使创作面貌继续有所变化；再现生活的历史性、具体性既有增进（包括《咆哮了的土地》这类小说），革命乐观主义精神在有些青年作家（如叶紫、东平）的作品中也得到发扬。茅盾的《子夜》以民族资本家吴荪甫形象为中心，在较大规模上真实地描画出20世纪30年代初期上海的社会面貌，准确地剖析了中国社会的性质，这是作者运用革命现实主义方法再现生活的出色成果。《子夜》的成功，开辟了用科学世界观剖析社会现实的新的创作道路，对吴组缃、沙汀、艾芜等创作的发展和一个新的小说流派——社会剖析派的形成起了重要的推动作用。鲁迅也在《理水》《非攻》等作品中，用新的方法塑造了"中国的脊梁"式的英雄形象，显示了对革命前途的乐观与信念。在"左联"的关怀、帮助下，涌现了蒋牧良、周文、萧军、萧红、舒群、端木蕻良、欧阳山、草明、芦焚、黑丁、荒煤、奚如、彭柏山等一大批新的小说作者。尽管左翼小说创作也还羼杂着某些旧现实主义乃至自然主义的因素，塑造革命者和工农形象时较普遍地存在苍白、不够真实等缺点，总的来说，却还是向着社会主义现实主义前进了一大步。"左联"以外的进步作家，也因为坚持现实主义道路，在小说创作上做出了重要的贡献：巴金的《家》通过封建大家庭的没落崩溃与青年一代的觉醒成长，在相当宽广的背景上表现了"五四"以后时代潮流的激荡；老舍的《骆驼祥子》描述了勤劳本分的人力车夫祥子从奋斗、挣扎到毁灭的悲剧性一生，对旧社会、旧制度做出深沉有力的控诉；它们与《子夜》等左翼作品一起，将中国长篇小说艺术提高到一个新的水平。此外，还出现了像叶绍钧的《倪焕之》，李劼人的《死水微澜》《暴风雨前》，王统照的《山雨》，鲁彦的《愤怒的乡村》以及罗淑的《生人妻》等一批相当重要的长短篇作品。20世纪30年代的京派作家如沈从文、废名、凌叔华、萧乾等，也写出了一些内容恬淡、各具特色的小说，像沈从文的中篇《边城》、长篇《长河》，则是艺术上相当圆熟的作品。在上海，以施蛰存主编的《现代》杂志为中心，还聚集着杜衡、穆时英、刘呐鸥、叶灵凤等一批作家；他们中，有的从事着现实主义的小说创作；有的则以日本新感觉派或欧美其他现代派小说为楷模，尝试着现代主义的创作道路，其中一部分作品在运用快速的节奏以表现现代都市生活，探索现代心理分析方法，吸取意识流手法以丰富小说技巧等方面，起了一定的开拓作用。

新文学第二个十年小说创作的这种局面，到抗日战争爆发后为之一变。

抗战爆发后小说创作的面貌　抗战的炮火激发了广大作家的创作热情。许多作品迅速反映生活，歌颂前线和后方的新人新事。小说创作在现实主义基础上明显地增长了浪漫主义的成分；形式上则趋于通俗，趋于大众化。姚雪垠就是这方面有成就的代表。他的短篇《差半车麦秸》、中篇《牛全德和红萝卜》，都以生动地刻画农民战士的性格和成功地运用群众口语而为人称道。长篇如吴组缃的《鸭嘴涝》、齐同的《新生代》，也都写出了新的性格，主人公在民族危难关头突破重重阻力而成长。但抗战初期小说创作的普遍弱点，是对生活的反映比较表面，流于浮泛。正是在这种情势下，《七月》杂志上丘东平的《一个连长的战斗遭遇》等小说，就以有血有肉的战斗生活、热情而深沉的艺术风格，显示出可贵的特色。稍后出现的路翎，也是七月派的小说作家。从《饥饿的郭素娥》到《财主底儿女们》，同样表现了他对现实主义艺术的独到的追求。这些作品有内在的热情，有心理现实主义的某些特点，在表现倔强的人物性格、真实的生活逻辑方面都有颇为深刻之处。但七月派小说家笔下的人物，常常倔强而近于疯狂和痉挛，具有某种歇斯底里的成分。这和他们对生活的观察、体验带有过多的主观色彩有关。七月派作家是既强调现实主义，又强调主观战斗精神的，他们的小说创作的长处和弱点，似乎都可以从这方面去寻找原因，做出解释。

随着抗战进入相持阶段，国民党统治的黑暗、腐朽、反动本质暴露得愈益充分，国民党统治区的小说也愈益向着深入揭露阴暗面方面发展。从张天翼的《华威先生》到沙汀的《淘金记》、茅盾的《腐蚀》、巴金的《寒夜》，便是这类作品中的杰出代表。由"皖南事变"以后环境黑暗所带来的沉重气氛，却也在一部分小说中留下了较深的烙印（如夏衍的《春寒》、沙汀的《困兽记》等）。到1944年民主运动高涨后国民党统治区产生的一些作品，像张恨水的《八十一梦》、沙汀的《还乡记》、艾芜的《山野》、黄谷柳的《虾球传》，在暴露讽刺方面则已具有直接痛快、淋漓尽致的特点。有的并显示着人民斗争终将胜利的曙光。战后出版的长篇，如钱锺书的《围城》、姚雪垠的《长夜》，或写抗战以来的现实，或写20世纪20年代的历史，都以独特的艺术成就，赢得了读者的喜爱。老舍的《四世同堂》，则以百万字篇幅的宏大规模，反映了沦陷后北平市民的苦难和抗争，不仅成为以艺术方式记载的日寇、汉奸的罪行录，而且也是中华民族不屈斗争的正气歌。短篇小说方面，沙汀、艾芜的一些作品，无论思想与艺术，都达到了很高的成就，标志着国民党统治区革命现实主义小说的进一步成熟。此外，国民党统治区和上海沦陷区这个时期也曾出现过一些新的小说作者，如骆宾基、于逢、王西彦、碧野、郁茹、张爱玲、汪曾祺等，他们的一些有特色的作品，也都曾引起文艺界的注意。这时的国民党统治区也存在过另一种创作倾向，代表作家是《鬼恋》《风萧萧》的作者徐訏，《北极风情画》《野兽、野兽、野兽》的作者无名氏。他们的小说并无充实的生活基础，却以编织浪漫故事、抒发人生哲理见其特色，具有较重的感伤情调。作品政治上抗日爱国，艺术上也颇有某些可取之处。

　　在抗日民主根据地和后来的解放区，由于作家同人民群众的逐步结合，小说创作的面貌发生了巨大的变化，从思想感情到语言形式都大大群众化了，工农兵群众特别是他们中间成长起来的新人，开始成为作品中的主要人物，并且达到了前所未有的真实程度，根本扭转了过去那种"衣服是劳动人民，面孔却是小资产阶级知识分子"的状况。还出现了一批用传统的章回体写法表现新生活内容的比较成功的长篇（如《吕梁英雄传》《新儿女英雄传》等）。延安文艺座谈会后，短短七八年内，不仅有柳青、孙犁、康濯、秦兆阳、马烽、西戎、束为、马加、王希坚等一批新的小说作者雨后春笋般成长起来，而且还涌现了《太阳照在桑乾河上》《暴风骤雨》《高干大》《种谷记》《原动力》等一批优秀或比较优秀的长篇。赵树理更是解放区小说作家的突出代表。他的《小二黑结婚》《李有才板话》《李家庄的变迁》等作品，不仅语言形式群众化，而且感情内容也浸透着来自农民的朴实、亲切、幽默、乐观的气息，读后使人耳目为之一新。孙犁、康濯等人的短篇小说，则洋溢着真正从群众生活和斗争中得来的诗情画意。他们的小说为后来的一些创作流派开了先河。在反映革命部队的战斗生活方面，刘白羽等的中短篇小说，也都取得了显著的成绩。从某种意义上说，延安文艺座谈会后解放区文学的实践，确实可以称得上是继"五四"文学革命之后的又一次深刻的变革，为小说创作的民族化、群众化开辟了一个崭新的阶段。

解放区文学主要是在农村环境中发展起来的。在强调向农民学习，与农民结合，因而取得出色的成就的同时，却也产生了对小生产思想的落后消极方面放松警惕的缺点。对丁玲小说《在医院中》的不正确批评，就是在这种情况下发生的。解放区一些小说的另一个弱点，是对外国文学借鉴得少。作家在群众中扎根深了，但来不及从更广阔的范围吸取丰富的营养。这种局限同延安文艺座谈会后时间很短，又处于紧迫的战争环境，很多作者原有的文化程度不高等客观因素都有关系，但同主观认识上的某些偏差也有一定联系。正是主观认识上的某些片面性，使我们的文学在中华人民共和国成立后逐渐突破上述局限时，仍不免走着曲折的道路。

50年代小说创作的进展与丰收　中华人民共和国的成立，宣告了新民主主义革命阶段结束和社会主义时期开始。这个重大的历史性转变，使现代小说获得了新的生活土壤与发展条件。新中国的小说作者，大多经历过新民主主义革命斗争生活的冶炼，他们是带着深厚的生活根基、与革命潮流的紧密联系以及对现实变化的敏锐感应跨进共和国的文坛的。这就使新中国成立后的小说创作从一开始就与"五四"以来，特别是延安文艺座谈会以来革命文学的战斗传统保持着血缘的关系。

中华人民共和国成立初期，首先出现的是一批创作在历史的黑夜与黎明交替时刻的作品。刘白羽的中篇《火光在前》、马加的中篇《开不败的花朵》、柳青的长篇《铜墙铁壁》，都真实记录了中国共产党领导下的武装队伍和人民群众最后摧毁旧制度、迎接新制度的斗争。杨朔的长篇《三千里江山》，则迅速反映了中国人民在获得政权以后，为保家卫国而进行的抗美援朝战争。表现革命战争题材而更能显示特色的，是稍后出现的一批长短篇小说。峻青的《黎明的河边》、王愿坚的《党费》，通过艰苦年代严酷斗争的真实描写，异常感人地赞颂了革命根据地人民的英雄气概和献身精神。杜鹏程的长篇《保卫延安》以宏大的艺术规模再现了延安保卫战威武雄壮的历史场面，成功地塑造了从连长周大勇、团政委李诚到高级指挥员彭德怀的形象，成为新中国成立后长篇创作的第一个重要收获。这些作品都以悲壮激越的基调，激动着许多读者。反映抗美援朝的一些短篇，如巴金的《黄文元同志》，和谷岩的《枫》，路翎的《初雪》《洼地上的"战役"》等，或热情奔放，或笔触细腻，也都显示了各自不同的风格特色。

描绘农村现实生活的短篇小说，也给新中国成立初期的文坛带来了新鲜气息。赵树理的《登记》、谷峪的《新事新办》，都表现了农民群众在砸碎封建政治枷锁以后进一步挣脱封建主义精神束缚的斗争；马烽的《结婚》等短篇，则反映了农村新人新品质的成长。这些作品艺术笔调明朗，生活气息浓郁，凝聚着作者长期与农民共命运所获得的珍贵情感。随着农业互助合作运动的逐步展开，反映农村生活的巨变，成为小说创作的重要主题。青年作家李凖的短篇《不能走那条路》，便是敏锐地触及土地改革后土地私有制尚未根除而产生的新矛盾的第一篇作品。赵树理的长篇《三里湾》，通过更为复杂的生活内容，展示了这种矛盾的各个侧面。孙犁的中篇《铁木前传》，艺术触角伸延到解放前后两个时代，以两户农家关系的演变，透露了土地改革后农民出现分化的信息。秦兆阳的《农村散记》、康濯的《春种秋收》两集中的短篇小说，则以清新的笔调和精美的构思着重反映农村变革中农民群众的思想波澜和生活变化。在这股创作潮流中贡献了有特色的作品的，还有陈登科、刘澍德、骆宾基、王希坚、吉学霈、刘绍棠等一大批作家，他们忠于革命现实主义原则，从各自的生活视角真实描画了20世纪50年代前期中国农村社会的种种风貌。玛拉沁夫、李乔、明斯克、阿·敖德斯尔等少数民族第一代小说家，或描绘内蒙古草原上惊心动魄的斗争，或抒写西南彝区人民的苦难与欢乐，也都获得了令人瞩目的成就。

革命重点从农村向城市的转变，大规模工业建设的展开，要求小说创作开拓新的题材领域，寻求新的审美主题和新的表现角度。《铁水奔流》等一批工业题材长篇的出现，便显示了作家们的这种努力。但从思想艺术质量上说，这些作品只能算作对工人生活的初步涉足，尚未称得上是成功的尝试。生活美的开掘和艺术美的探索，都需要一个积累的过程。到50年代中期起，才出现有成就的工业题材小说。艾芜短篇集《夜归》中的一些篇什，通过独到的艺术构思，从细微处揭示工人阶级作为国家主人的美好心灵，具有浓郁的诗的气氛。长篇《百炼成钢》也摆脱了以往同类题材作品那种枯燥、刻板的弊病，正面表现了钢铁战线的沸腾生活，塑造了先进工人的真实形象。杜鹏程的中篇《在和平的日子里》则颇有深度地表现了铁路建设工地上的矛盾斗争，显示了诗的激情与哲理思考相结合的独特风格。草明、雷加等作家，也一直不倦地探索着工业题材小说的创作。这些作品在现代小说发展史上具有较大的开拓意义。

从20世纪50年代初期到中期，小说创作获得了稳步的发展。这段时间，国家经济、政治生活日趋稳定，文艺界艺术民主气氛比较正常，特别是中国第二次文学艺术工作者代表大会后，总结了前阶段文艺工作的经验教训，探讨了创作上存在公式化、概念化的因由，对社会主义现实主义的一些原则问题，取得了较为辩证的全面的认识。当时苏联文艺界对"无冲突论"、对典型问题上教条主义观点的冲击，也直接促进了中国小说创作队伍思想的活跃。作家对新生活的观察和认识逐渐深化，过去的生活积累也有了较长时间的消化过程。对中外作品的借鉴又从艺术修养上为创作做了较多的准备。在此基础上，许多作家开始酝酿长篇巨制。到50年代后期，中国文坛终于迎来了新中国成立以来长篇小说的第一次丰收。

这次丰收所涌现的一大批长篇作品，在现代小说发展过程中占有重要的地位，也是显示新中国成立后整个文学水平的重要标志。

追求概括生活的广度和深度，是这批长篇创作的一个显著特点。这在革命历史题材的创作中尤其得到了集中的体现。梁斌的《红旗谱》，欧阳山的《三家巷》，杨沫的《青春之歌》，高云览的《小城春秋》，冯德英的《苦菜花》，吴强的《红日》，曲波的《林海雪原》，罗广斌、杨益言的《红岩》等，组成了一幅幅巨大的历史画卷，鲜明生动地展现了半个世纪以来中国人民在中国共产党领导下所进行的艰苦卓绝的斗争。这批作品在深刻表现历史内容、展示斗争复杂过程方面，较之过去创作有重大突破，而在现实基础上升华起来的革命理想激情，也给作品增添了明朗、热烈的色彩，为丰富中国小说的革命现实主义传统提供了新鲜经验。李劼人的《大波》（修改本）、李六如的《六十年的变迁》，用精细而又恢宏的现实主义笔法，真实地再现了清末以来的社会面貌；它们的出现，使长篇小说展现的历史画卷向上延伸到旧民主主义革命时期。这些小说的作者，几乎都是当年革命斗争的亲身经历者或目击者，他们笔端留下的历史生活图画，在小说史上具有不可替代的意义。

以社会主义时期现实生活为题材的作品，在表现生活的广阔性和纵深感方面，也有长足进展。柳青的《创业史》和周立波的《山乡巨变》，是描写农村互助合作运动的著名长篇。前者通过梁三老汉、梁生宝两代农民不同的创业命运，揭示出中国农民走社会主义集体化道路是历史的必然；后者侧重于剖析农村生产关系变革过程中人们精神世界的细微而深刻的变化。反映中国民族资产阶级在社会主义条件下的阶级命运和生活动向的《上海的早晨》，是作家周而复的一部长篇巨著，它对具有中国特色的都市生活所作的艺术概括，曾引起国内外读者的兴趣。

这个时期，许多小说家经过较长时间的艺术实践，在现实主义的道路上发展着自己的独特风格，并形成若干新的创作流派。赵树理娴熟地运用中国古典小说和民间文艺的传统手法，生动朴素、惟妙惟肖地表现了山西一带新农村的社会情绪和农民心理，早已在小说领域中独树一帜。在他的艺术作风影响下，产生了马烽、西戎、孙谦等思想倾向、艺术见解、创作风格相近的作家群，被人称作"山西派"或"山药蛋派"。孙犁那意境悠远、韵味无穷的荷花淀风格，给他笔下的现实生活图画，添上淡淡的浪漫主义气息，这种独具特色的艺术经验，也为一些青年作者所效法。柳青在对现实冷静、客观的描绘中，糅进了哲理的议论和感情的抒发，使精确的画面透露出浑厚激越的气势。他对于广阔的社会场景的多方面的概括，对于生活内涵的深入发掘，一直到他的夹叙夹议的语言，都在随后出现的若干青年作家的小说中，留下鲜明的投影。周立波追求的则是一种秀朴而明丽的风格，他常常把自己的感情倾向熔铸到山乡风情和自然景色的细腻而又酣畅的表现中，让人们在诗情画意的艺术氛围里领略新生活的美；从他的短篇《山那面人家》《禾场上》到谢璞的短篇《二月兰》等，可以感受到湖南一些作家的共同艺术追求。一批在中华人民共和国成立后成长起来的小说家，如杜鹏程、李準以及写了《高高的白杨树》《百合花》《静静的产院里》的茹志鹃，写了《大木匠》《沙滩上》的王汶石等，都在追求着自己鲜明的艺术个性。所有这些，都标志着新中国成立后小说艺术的逐渐趋于成熟。

50年代末到80年代小说创作的曲折道路　由于社会政治思潮的影响，20世纪50年代后期到60年代中期，小说的发展有过较大的曲折。1956年前后，小说领域曾出现过以王蒙的《组织部新来的青年人》为代表的一批"干预生活"的短篇，它们大胆触及现实的各种矛盾，尖锐揭露社会生活的一些弊端，这批作品既是当时国内外文艺界反对"无冲突论"创作思潮的直接产物，也是当代小说家希冀于小说的社会功能获得更大发挥的一次勇敢尝试。但因当时环境所围，这个创作潮流刚露端倪就被人为地宣告结束。随着对"现实主义——广阔的道路"论、"现实主义深化"论、"写中间人物"论的责难，代之而起的是一股粉饰现实、以虚假现实主义冒充革命现实主义的创作浪潮。不过，在这股思潮泛滥时，不少有胆识的小说家仍有好作品问世。赵树理的《锻炼锻炼》《套不住的手》，马烽的《三年早知道》，刘澍德的《甸海春秋》，西戎的《赖大嫂》等短篇，都是坚持革命现实主义精神、真实揭示生活矛盾的好作品。一些作家把笔锋转向历史，写出《陶渊明写挽歌》（陈翔鹤）、《杜子美还家》（黄秋耘）等短篇，以历史的镜子映照现实，这是小说家们在特殊环境中坚持现实主义精神的曲折表现。李凖的《李双双小传》、王汶石的《新结识的伙伴》，虽以"大跃进"为背景，但立意不在歌颂浮夸作风，而着力于塑造农村新人富有鲜明个性特征的性格，至今仍保持一定的艺术魅力；至于真实刻画了土生土长的好干部形象的《延安人》（杜鹏程）、《我的第一个上级》（马烽）等短篇，更是具有较大感染力量的优秀作品。

1962年以后，小说创作的兴旺局面开始冷落，其间虽有姚雪垠的优秀长篇历史小说《李自成》第一卷问世，但其他好作品不多。浩然的《艳阳天》和陈登科的《风雷》反映农村生活，艺术上有可取之处，内容上却明显留下阶段斗争扩大化思潮的痕迹。

"文化大革命"中，小说的正常创作活动受到江青反革命集团的压制，而一批反现实主义作品则在唯心主义思潮下应运而生。以《序曲》为结集的一批短篇，就是突出代表。

1976年10月，中国历史出现了新的转折，社会政治动乱开始平复，随着思想路线逐步端正，中国进入了社会主义建设的新时期。文学事业又呈现出生机勃勃的趋势，小说创作更是盛况空前。作为中国社会由大动荡走向大整治、大改革的历史过程的生动反映，这时期的小说创作具有几个鲜明特点。

一是恢复和发展了"五四"以来的革命现实主义传统，并不断走向深化。社会政治生活中唯物主义路线的恢复，马克思主义思想解放运动的开展，使小说家们精神上获得一次大解放，他们敢于面对现实的人生，正视生活中普遍关心的矛盾，提出自己积极的思考。进入新时期的头两三年，从刘心武的《班主任》开始，出现了一批曾被称为"伤痕文学"的短篇小说，它们第一次把林彪、"四人帮"倒行逆施所造成的惨痛展现在读者面前，在社会上产生了强烈反响。还有一批作品，如高晓声的《李顺大造屋》、茹志鹃的《剪辑错了的故事》、鲁彦周的《天云山传奇》、张一弓的《犯人李铜钟的故事》等，则是从历史和现实的交错表现中，着重探索新中国成立三十年来国家所走过的曲折道路和深刻教训，进行历史的反思。周克芹的《许茂和他的女儿们》、莫应丰的《将军吟》，是反映"十年动乱"生活最有影响的长篇，它们不仅深刻地揭示了这场动乱所造成的历史倒退，更着力于表现人民群众对社会主义光明的强烈渴求。这几年继姚雪垠《李自成》第二卷后所涌现的《星星草》《金瓯缺》《风萧萧》等一大批历史小说，也有一个共同的鲜明特征：从历史的真实发展中探求深刻的生活哲理，以唤起当代读者感情的共鸣。进入20世纪80年代以来，作家的笔锋逐渐转向了正在发展中的当前现实。从各个不同角度反映朝着社会主义现代化目标前进的生活巨流，有力揭示社会大变革时期的各种矛盾，塑造改革者或当代新人的形象。蒋子龙的短篇《乔厂长上任记》是引起社会瞩目的第一篇作品。陆续出现的还有高晓声的《陈奂生上城》、水运宪的《祸起萧墙》、张洁的《沉重的翅膀》、李国文的《花园街五号》等。一批以20世纪70年代末期中越边境自卫反击战和当时军队生活为题材的中短篇小说，在揭示部队生活矛盾、塑造当代军人形象方面也有明显突破，像徐怀中的《西线轶事》、李存葆的《高山下的花环》，就是具有鲜明时代特色的佳作。

二是描写普通人的命运，表现和歌颂无产阶级、劳动人民的人情美、人性美。这也是近几年小说创作所普遍关心的问题。其中出现了谌容的中篇《人到中年》、古华的长篇《芙蓉镇》等优秀作品。这类作品的一个共同特点是将普通人的命运与时代命运紧紧交织，透过人的命运去窥视时代风云和社会人生。

从对普通人的命运的真实描写到对人生意义的深沉思索，是这类题材创作的一个重要进展。韦君宜的中篇《洗礼》、路遥的中篇《人生》等，都凝聚着小说家们对人的社会价值和人生意义的深刻思考。在表现这类生活内容的创作中，也有曲折。一些青年作者由于思想功力的欠缺，在复杂生活面前感到迷惘，无法正确把握社会矛盾的本质所在和它的必然趋向，因而产生了一些艺术上虽有特色而思想倾向上有明显失误的作品。这也是除旧布新年代的一种值得注意的创作现象。

三是创作样式的交叠变化和艺术手法的大胆革新。从小说样式方面来看，新时期的头几年，短篇小说非常活跃。到80年代，中篇小说异军突起，以大批优秀作品占领文坛，仅1981—1982年就涌现了1100多部作品，这是现代小说史上从未有过的现象。长篇小说自1977—1982年六年时间涌现了500多部作品，数量可观，但从创作势头看，尚处于方兴未艾的状态。

这时期小说的艺术风格与表现手法，显得异常丰富多彩，探索的道路也更加宽阔。一些致力于小说民族化的作家，在对传统小说艺术经验吸取的同时，更注重于民族感情的熔铸。李凖的长篇《黄河东流去》、叶蔚林的中篇《在没有航标的河道上》、刘绍棠的中篇《蒲柳人家》是这方面较早出现的佳作。对西方现代派小说艺术手法的吸取，是这时期小说形式革新的一个突出方面。以意识流作为结构作品的手法，多视点、多角度、多层次揭示人物精神生活的手法，在创作中得到比较广泛的运用。走在这种探索前面的作家是王蒙，他的中篇《蝴蝶》、短篇《春之声》，获得社会首肯。李国文在长篇革新方面也迈开了第一步，《冬天里的春天》是一个可喜的成果。

走出百慕大三角区

——谈20世纪文艺批评的一点教训

据说，世界上有个神秘而危险的区域，叫作百慕大三角区，一进入这个区域，轮船沉没，飞机失事，人员失踪，无一幸免。

文艺批评上仿佛也有一个神秘的百慕大三角区，进入这个区域，一些很有经验、很有贡献的文艺批评家，也难免背时出事。20世纪以来，至少是"五四"以来，在这个危险区域，已经沉没了多少批评家！这个区域，我称之为异元批评区或跨元批评区。

所谓异元批评或跨元批评，就是在不同质、不同元的文学作品之间，硬要用某元做固定不变的标准去评判，从而否定一批可能相当出色的作品的存在价值。譬如说，用现实主义标准去衡量现代主义作品或浪漫主义作品，用现代主义标

140

准去衡量现实主义作品或浪漫主义作品，用浪漫主义标准去衡量现实主义作品或现代主义作品，如此等等。这是一种使批评标准与批评对象完全脱节的、牛头不对马嘴式的批评，犹如论斤称布、以尺量米一样荒唐。可惜，20世纪以来，我们不少人恰恰在进行着这类批评，多少笔墨就耗费在这类争论上。

谓予不信，请看事实。

"五四"时期，郭沫若受弗洛伊德学说影响，写了一篇小说叫作《残春》，描写"潜在意识的一种流动"。这也许是中国最早的意识流小说之一，它本是一种实验，一种新的探索与创造。但是，有一位摄生先生，在1922年10月12日《时事新报·学灯》上发表文章，用传统的情节、高潮之类小说审美要素给以批评，认为《残春》"平淡无奇……没有Climax（顶点）……"在这场争论中，成仿吾站出来保护了郭沫若所做的探索。他用现代主义批评标准衡量郭的现代主义作品，正确地阐明了作者的写作意图。

然而，同一个成仿吾，在评论鲁迅小说集《呐喊》时却失足了，沉没了。他把《呐喊》里绝大多数作品，都称为"庸俗的自然主义"——意即模仿生活而无创造性的小说，只称赞了一篇运用弗洛伊德学说写成的《不周山》。鲁迅后来再版《呐喊》时，忍不住"回敬了当头一棒"：宁可将《不周山》抽去，使《呐喊》成为一无可看的"只剩着'庸俗'的跋扈"的书。成仿吾之所以会犯这样的错误，就因为他在进行异元批评：用现代主义的标准去评论鲁迅那些基本上是现实主义的作品。这一错误的性质，与摄生用传统标准评论郭沫若现代主义的《残春》是完全一样的。

以后，这种错误在文学评论界仍继续着。突出的例子，是有些左翼评论家对茅盾作品以及胡风、路翎等七月派作家，对沙汀作品（特别是《淘金记》）的评论。他们都把茅盾、沙汀等社会剖析派作家的小说指责为客观主义。20世纪30年代，当《春蚕》等小说发表时，有位署名凤吾的批评家就责备茅盾采取"超阶级的纯客观主义的态度"。抗战期间，胡风、路翎（冰菱）、季红木等又在《关于创作发展的二三感想》《现实主义在今天》以及对《淘金记》《替身》的书评中，一再指名或不指名地批评沙汀的小说具有"客观主义的倾向"或"典型的客观主义"，缺少革命热情，只是静观，"不能给你关于那个高度的强烈的人生的任何暗示"。其实，无论是茅盾的《子夜》《春蚕》《林家铺子》，还是沙汀的《淘金记》《替身》，都不存在客观主义的毛病。理由很简单：这些作品都有鲜明的倾向性，它们只是用了客观的描写手法，使倾向从场面、情节中自然流露出来而已。七月派作家却容不得社会剖析派作家这种客观性的描写，硬要用本流派的审美标准去要求其他流派的作品。七月派是以强调作者主观战斗精神、强调作者的体验和感情色彩、强调叙述而轻视描写（受卢卡契影响）著称的，他们由此形成了一种特殊色调的现实主义——我称之为"体验的现实主义"，这确是他们的贡献。然而，他们因此以为现实主义只应有这一种形态——"只此一家，别无分店"，以为自己有权力垄断现实主义（至今还有人仍坚持此类做法），这却是大错特错的事。事实上，现实主义文学可以有多种形态：七月派的小说是一种现实主义，社会剖析派的小说同样是一种现实主义，它们应该互相竞赛，互相取长补短，而不应该你死我活，互相排斥。

如果说胡风等七月派作家对社会剖析派作品的评论表现了审美观点上的狭隘性，那么，20世纪50年代一些人批判胡风、路翎等人时，又重蹈了七月派的覆辙。他们根据自己机械论的理解牵强地把胡风及其周围这个流派的文艺思想、创作特征概括为"主观唯心主义"（更不用说所加的政治帽子）。这又一次变本加厉地把自己的标准——而且是不恰当的标准和结论，强加到了对方头上。

也许由于历史运动的惯性作用吧，这类异元批评或跨元批评的现象，在1978年以后的历史新时期，仍然不见减少。前几年在那场现实主义还是现代主义的争论中，事情大有越发猛烈之势：主张现实主义的人容不得现代主义，主张现代主义的人容不得现实主义，双方都想用自己的标准把对方批倒，置之死地而后快。此事显而易见，不提也罢。我们不妨再举最近一两年的事情做例子。

前年开始的姚雪垠与刘再复的论争，曾引起人们广泛的关注。关于这场争论的是非曲直，我并无能力做出判断。我只感到在姚雪垠同志对刘再复同志《论文学的主体性》的批评中，似乎也包含着某些属于异元批评的问题。刘再复同志《论文学的主体性》，在我看来，依据的不仅是传统的现实主义理论，也吸收并体现了现代主义文学、浪漫主义文学的某些要求。他把文学主体性的作用，提升到这样重要的高度，以至于不无某种诗人气质在内，这些都不是单纯用现实主义理论所能解释得了的。如果运用宽广的而不是狭义的马克思主义反映论，刘再复这些论点有可能得到理解和认可。可惜，姚雪垠同志从自己现实主义的某种创作经验出发，得出了刘再复宣扬"主观唯心主义"和"基本上背离了马克思主义"的严重结论。姚雪垠同志说："我从事文学创作实践活动数十年，像刘再复同志所说的（作者）对人物无能为力、任人物自由活动的奇妙现象，一次也没有遇到过。我也没有听说'五四'以来任何有成就的作家有过这种现象。谁能够从我们大家熟知的作家的创作活动中举出一个实例么？"其实，例子是可以举出的。曹禺早年在《雷雨·序》中谈到《雷雨》怎样创作出来时，就曾回答："连我自己也莫名其妙"；谈到周繁漪这个人物时，也说："剧本里的她与我原来的企图，有一种不可相信的参差。"可见，作家"对人物无能为力"的情况，有时确实存在，不宜一概认为荒唐。创作实践有多种多样的复杂状况。"五四"时期的郭沫若，按照他自己在《创造十年》中的说法，就"全凭直觉来自行创作"，而且"每每有诗兴发作袭来就好像生了热病一样，使我作寒作冷"。我们充分尊重姚雪垠同志创作上的重大成就和丰富经验。但个人经验再丰富，毕竟有限制，要取代千差万别的创作情况是很难的。以创作过程中直觉与非理性的作用而论，情况就复杂得很，有些作家身上完全不存在，有些作家却亲身经验过。姚雪垠同志对创作过程的正面论述颇有明快精到之处，但由于对现实主义之外的现代主义、浪漫主义和现实主义内部的多种不同流派均缺少考虑，他的论述无意中跨入了异元批评或跨元批评的区域，这是值得注意和警惕的。

我还想举1988年发表的《论丁玲的小说创作》①一文为例。这是一篇写得颇有才气、令人很感兴趣的文章，它提出了考察丁玲小说的一个新的角度——自我表现。文章作者认为：《莎菲女士的日记》等丁玲早年作品之所以引起轰动，就在于勇敢的自我表现。后来，丁玲脱离了这条"自我体验与自我分析"的道路，客观环境也不许她走这一条道路，自我被逐出了作品世界，于是她的创作就失败了。文章确实能启发人们去思考。然而，使人产生疑问的是：小说作品为什么必须以自我表现作为考核的唯一标准？将文学批评定点定位在自我表现上，究竟是否科学？众所周知，小说作品类型极多：有自我表现，有客观再现，有心理分析，有社会剖析，有自传性的，有社会性的，有意识流的，有抒情型的，有荒诞型的……如此等等，先入为主地确定一个自我表现的标准，不分青红皂白地用它来衡量一切作品，这岂不又是一种异元批评吗？其结果，岂不等于让滔天洪水只通过一个极狭窄的通道，怎不带来难以想象的危险后果呢？

20世纪文学的一个根本特征就是多元并存，谁也统一不了谁。鲁迅之所以了不起，就在于他开辟的文学道路是多元化

———————
① 见《上海文论》1988年第5期。

　　　　　　　　　　　　　　　　新文学小讲

的，极其宽广，几乎19—20世纪所有的西方文学成就他都容纳，问题小说、乡土文学、心理小说、荒诞小说他都做过尝试，现实主义、浪漫主义、象征主义他都做过吸收。这就形成了鲁迅的博大丰富。周作人也同样是非常宽广多样的：最初他提倡"人的文学"、"平民文学"、"问题小说"，而当"问题小说"走上概念化的道路，发展到有问题无小说的时候，他又转过来提倡文学扎根泥土，提倡乡土文学。当郁达夫的《沉沦》受到道学家、准道学家们严厉攻击时，他又引用弗洛伊德主义者莫台耳（Mordell）的话来保卫《沉沦》。他还介绍过蔼理斯，倡导过"抒情诗的小说"……周作人的文学理论对"五四"时期现实主义、浪漫主义乃至现代主义的发展都起过巨大的作用。鲁迅和周作人都真正体现着20世纪的文学精神。而异元批评或跨元批评的致命错误，正在于它忘记了时代，逆世纪精神的潮流而动。文学艺术最容不得刻板简单和整齐划一，最需要保证个人有不同爱好的权利。先哲有言："你们并不要求玫瑰花和紫罗兰发出同样的芳香，那你们为什么却要求世界上最丰富的东西——精神只能有一种存在形式呢？"异元批评恰恰强调地要求文学这"世界上最丰富的东西""只能有一种存在形式"。

文艺批评意味着可能排他，但又不该走向专制。文艺批评需要自由阅读基础上的理解，需要设身处地想一想——尤其在涉及那些与批评者主观爱好不相同的创作方法、不相同的创作流派时。为了避免被狭隘的审美见解所牵引，批评者使用的标准也要适当：起码应该宽容到能适应多元批评的程度。譬如说，要求作品首先应该是艺术品，能感染人，这就是一个相当宽泛的尺度，能适应各种流派的作品（有些作品像卡夫卡的《变形记》《城堡》虽然以荒诞的形式写成，但它们同样具有较大的感染力，具有艺术魅力）。还可以要求作品必须在前人基础上提供新的东西，等等。使用这类最宽容的尺度，就有可能容纳各种不同的创作方法和不同的创作流派，尽可能做到公平适当。

　　走出异元批评这个危险区域，不但是必要的，而且是可能的——这就是20世纪文艺批评的一点经验教训。

文学思潮研究的二三感想 ①

一

文学思潮是一个时代文学思想中十分活跃因而引人瞩目的部分，集中代表着一个时代文学的某些突出方面。

在文学的实际发展中，思潮也许可算是个纲。将文学思潮真正研究清楚，会使文学史上很多问题迎刃而解。正因为这样，河南大学刘增杰、刘思谦先生主编的多卷本《19—20世纪中国文学思潮史》的即将出版，引起人们的很大兴趣。

当然，文学思潮这个纲并不容易把握，它隐蔽在许多文学现象的背后，渗透到许多方面，给文学思潮史的研究带来较大困难。

---

① 载《河南大学学报》1992年第5期。

理论、评论文章中体现的文学思潮，是直接的，容易见到的，也是比较表面的。大量的文学思潮，却生动而丰富地体现在文学创作、文学流派以及文学论争等文学现象中。因此，文学思潮史的研究，如果要做到立体而不平面、丰富而不干瘪，似乎应该从大量的文学现象入手，而不能只注意几篇理论文章——即使是很有代表性的重要文章。特别是文学流派，由于它涉及作家群体的文学思想和审美趋向，更应该受到研究者的重视。听说多卷本《19—20世纪中国文学思潮史》注意到了这些方面，委实令人高兴。

二

我常常在想，"五四"后的文学思潮，较长时期以来恐怕是被简化了的。如果认真、深入地去触摸原始材料，我们就很有可能得出若干新的结论。

例如，从新文学第一个十年起，研究者们注意过"为人生的文学"这一思潮，也注意过"为艺术的文学"这一思潮，但对是否存在过"为生命的文学"这一思潮，则并未给予注意。事实上，中国传统哲学中，2000年前就有"天地之大德曰生"《易经·系辞》的思想。"五四"之前的《新青年》《民铎》等杂志，就介绍和推崇过柏格森的生命哲学。泛神论在"五四"时期的流行，又促使文艺青年们发展着热爱自然、热爱生命的倾向，推进了生命哲学同文学的结合。创造社作家们的文学创作，文学研究会成员王统照等人的文学创作，在他们标榜的本乎"内心要求"或"爱与美"的背后，不同程度地流动着"为生命的文学"的血液。郁达夫对劳伦斯作品的推崇，更清楚地代表着"五四"作家对这一思潮的吸收。到沈从文和京派作家们的笔下，这种"为生命的文学"的思潮达到了相当自觉甚至汹涌澎湃的程度。虽然有时这种思潮不一定以独立的形态，而和"为人生"之类的思潮错综交结着表现出来，但现代文学史上存在着这种"为生命的文学"的思潮，则是确定无疑的了。

又如，"五四"时期有没有表现主义的文学思潮？答案也应该是肯定的。创造社作家郭沫若、郁达夫都曾推崇过德国的表现主义文学，这是有许多篇理论文章可作证明的。他们还以一批作品，实践着这种文学主张——如郭沫若《女神》中的部分诗作，郁达夫的小说《青烟》《十一月初三》等。不仅创造社的作品是这样，连鲁迅早年的小说，恐怕也并非没有表现主义的成分。像《铸剑》《奔月》那类作品，不联系表现主义思潮，确实就不能得到合理的解释。甚至连《阿Q正传》，从主人公的名字，到白话中夹杂些文言的叙述笔调，都有意要让读者和作品拉开距离，制造出一种陌生化的感觉：这些也决不是通常的写实主义态度，而是和表现主义有着密切的关系。

总之，中国现代文学领域里还有不少生荒地和熟荒地。如果我们辛勤开发，全面地占有原始材料，敢于从历史实际出发，就会通过新的研究，不断获取新的成果。

三

20世纪50年代中期起大陆出版的《中国现代文学史》著作，往往用许多笔墨来写文学论争。如果这些笔墨集中在论争双方的文学思想上，也许对说明中国现代文学思潮的发展不无裨益。可惜事情并不这样。

许多现代文学史著作大量写的，实际上是政治思想斗争、哲学思想斗争和一般的思想斗争，如"问题与主义"之争，与法西斯"民族主义文学"的斗争，对"战国策"派的批判，对王实味等人的批判，对胡风、舒芜"主观论"的批判，与"民主个人主义者"的论争，对萧军思想的批判，等等。且不说其中有冤案、错案，即使从学科分类上看，有一部分也不属于文学史的范围。今天看来，对文学运动与文艺思想斗争的这些描述，很需要重新清理一下，保留属于文学本身的部分，而将非文学的部分另行处理。一般来说，描述政治思想斗争、哲学思想斗争，应属于思想史的任务；而在文学史中，将这些只作为背景来写，似乎比较妥善。文学史应该撰写文学思想上的论争，说明双方各自在思潮上的来龙去脉，显示文学本身的曲折发展。至于冤假错案，更应该从历史实际出发，实事求是地予以甄别、平反，从而揭示这些冤假错案形成的历史条件和思潮背景，有助于人们对真实的文学思潮史的更好理解。

四

在主义与文学的结合上，确实出现过这样一种历史现象：一些作家在接受马克思主义之后，世界观进步了，作品的艺术性却后退了。这种现象不仅在延安文艺座谈会以后存在，此前也早已出现。如20世纪20年代的台静农，先写了《地之子》集里那些风俗画般颇具魅力的短篇小说；到明确接受马克思主义之后所写的《建塔者》，革命感情鲜明了，人物形象却单薄了，艺术魅力也因而减退。这种情况之所以造成，主要由于进步的思想来不及在生活实践和艺术实践中转化为作者有血有肉的切身体验，并非由于主义与文学真有什么势不两立、绝对排斥的关系。马克思主义只要求作家从生活出发，真诚地写出自己的体验，并不要求作家去图解某种主义。图解主义本身就违反马克思主义。同样是左翼作家，同样信奉马克思主义，30年代的吴组缃从实际生活体验出发，就写出了《一千八百担》《樊家铺》《黄昏》等相当优秀的作品。延安文艺座谈会后的孙犁、丁玲、周立波等也写出了一批有真切感受、有艺术魅力的小说（虽然并不是没有弱点）。如果以为主义与文学的结合必然构成陷阱，必然带来图解，这在文学思潮的研究上，实际上陷入了一个误区。

五

研究中国近现代文学思潮史，我以为还有一个必不可少的条件，就是要同时细心地研究一点外国近代文学思潮。

一说左，就认为是苏联拉普的影响，这无疑过于简单了。

事实上，比拉普更早的以波格丹诺夫为代表的无产阶级文化派，对中国左翼文学的影响要更大一些，破坏作用也更厉害一些。蒋光赤回国后表现出的那种骂倒一切的左，其源盖出于波格丹诺夫。1928年倡导革命文学时的左，很大一部分也来自无产阶级文化派。而沈雁冰1925年发表的《论无产阶级艺术》，也是根据波格丹诺夫《无产阶级艺术的批评》一文编译发挥而成的。可见，无产阶级文化派的影响实在不可低估。

另如，日本新感觉主义何时传入中国？通过什么途径？这也很值得研究。刘呐鸥等人1928年就翻译日本新感觉派小说并给予很高评价，当然是较早译介新感觉主义的先锋。但他们不一定是最早的接触者和介绍者。有种种材料表明，创造社的作家如陶晶孙，最迟在1926年就读过日本新感觉派小说并接受了它的影响。这些问题如能弄清楚，对现代主义在中国的生长、发展，也可以把握得更准确一些。

至于存在主义对中国现代文学的影响，解志熙同志已写成开拓性的专著《存在主义与中国现代文学》，使我们大开眼界，这里就不再赘述了。

无论从中国现代文学所受国外影响出发去追溯外国文学、哲学思潮的本源，或者从国外思潮的源头入手来考察它在现代中国的流变，都会殊途同归，有助于弄清中国现代文学思潮何以会这样而不是那样发展，对我们总结经验、思考问题都是十分必要的。

1992年6月28—30日旅途中

有关文化生态平衡的思考 ①

　　20世纪即将成为历史，成为历史的最大好处，就是人们可以拉开同它的距离，客观地、冷静地对待它，科学地研究它，中国在这个世纪中取得了伟大的进步，也经受了巨大的苦难和牺牲，其中有许多正反面的非常丰富的历史经验和教训需要总结。在弄清事实真相的基础上总结这些历史经验和教训，对于中国在21世纪的健康发展，对于世界的进步乃至人类的未来，都具有极大的好处，可以使我们少付出许多不必要的惨痛的代价。

　　20世纪在文化方面留给我们最大、最丰富的一笔遗产是什么呢？我认为是文化生态平衡的问题，这也是我最近几年经常在思考，而且是想得最多的一个问题。一个国家的文化，可以

---

① 载《中华读书报》1999年8月4日。

有主导地位的成分，需要有主导地位的成分，但同时也需要有多种不同于主导地位的其他文化成分存在，这些不同的成分，构成一种相互制约、相互补充并在对立中相互吸收、不断更新的关系，于是文化本身就能生动活泼地向前发展，就避免了武断、专制，避免了社会僵化或者停滞不前，更可以避免决策上的重大失误，因为在决策之前就存在一种抵消失误的机制。我相信这就是恩格斯所说的历史发展主要依靠一种合力的意思。

任何一个社会想要取得持续的稳定的发展，都需要具备一些基本条件，文化生态保持平衡就是其中十分重要的一条。在中国古代，儒家的德治、法家的法治、道家的与民休养生息无为而治，孤立的、单纯的哪一家的药方，可能都治理不好国家和社会，但当它们构成一种相互对立又相互补充的关系后，好处就大了。如果再加上在下层的墨家，又加上后来传进的佛家，这些思想学说组合到一起，就体现着文化生态平衡。汉初"文景之治"，依仗黄老之学，体现着儒道互补。汉武帝虽然独尊儒术，实际却是"霸王道杂之"，阳儒阴法。唐代是儒、道、佛三家并存和合流，政治、文化发展得很高，国势也很强。宋明理学又是儒家吸取佛教哲学所获得的重大发展。这些史实都可供我们借鉴。

从20世纪后半期起，为了挽救国家的危亡，先后出现过种种理论和思潮，有实业救国、维新救国、文艺救国、教育救国、革命救国、科技救国、学术救国等，这些理论思潮在中国的实施程度和影响，何者能起主导作用，何者能起辅助作用，取决于不同时期中国社会的不同条件和不同状况，但它们本身是互为补充的，而且在实际行动上是互相配合的。如果没有这种配合，革命的胜利就会困难得多。即使不同思潮在有些阶段有所对立，也是互补性的对立，而不一定是消解性的对立（康有为在辛亥革命后复辟帝制应除外）。但新中国成立后为了突出革命救国，把其他理论思潮均视为改良主义，视为反动、阻碍革命而通通批判，文化生态平衡也就受到破坏，连物质生态也造成失衡。许多教训就是由此而来，很值得我们回顾和思考。

任何文化思潮，不管它本身多么激进、多么偏激，只要有东西制约它，就不可怕。例如"五四"时期钱玄同废除汉字、推行世界语的主张当然很激进，但《新青年》内部就不同意，陈独秀就写了编者按语表示对这种主张有保留。鲁迅也嘲讽钱玄同"才从'四目仓圣'面前爬起，又向'柴明华先师'脚下跪倒"。后来还嘲讽钱玄同"作法不自毙，悠然过四十"。"文革"中造反派们推行第三批简化汉字，连"雕"字都要简化成"刁"字，王力先生发言反对，说"要是我敢把'毛主席雕像'写成'毛主席刁像',我岂不成了反革命?"造反派也只好改回来。所以,最重要的是要有不同思想见解能够并存、相互匡正、相互制约的机制,提出文化生态平衡的问题,就是要建立这种机制。

这就是我在北京大学20世纪中国文化研究中心成立时的一点感想。

批评规范小议 ①

我常想，如果我们从20世纪30年代的围剿鲁迅，40年代东北的批判萧军和南方批判沈从文、萧乾等作家，50年代的整肃胡风集团和反右派斗争，60年代前期的文化批评这一系列事件中，精选出一部分最具代表性的批评文章，加以出版，那或许是一件功德无量的事情。它提供一面极好的镜子，让人们大长见识，悟出"文革"那样的祸乱其来有自，真正懂得批评应该怎样做和不应该怎样做，由此可能就批评应有的准则和规范获得某些共识。

在我看来，批评应该有一些起码的规范。

比方说，既然要批评，第一，总得了解自己批评的对象，读过自己想要批评的书。如果没有读过，似以老老实实免开

---

① 载《文汇读书周报》2000年1月29日。

尊口为好。这大概是每位严肃的批评者都能接受的道理。奇怪的是，就有人连对方的一本书都没有读过，竟可以勇气十足、"无惑又无惭"地批判。1948年有位作者批判朱光潜教授时，就坦言："关于这位教授的著作，在十天以前我实在一个字也没有读过。"这种"没有读过"就断定对方必定反动并决意要批判的态度，在当时曾引起学术界的许多议论。所幸这位作者为了批判，毕竟还临时抱佛脚地读了朱光潜一篇《看戏与演戏——两种人生理想》的文艺随笔，使他可以断言朱光潜所说"人生理想往往决定于各个人的性格"，"有生来演戏的，也有生来看戏的"，是在鼓吹反动的宿命论；并自谓在演戏与看戏中"我不知道应该属于哪一类型"。其实，这位作者的身份很清楚，他分明在演戏，演的是《打虎斩蛟》中蛮横跋扈的周处。瞎子摸象好歹还摸到了大象的躯体的一部分，有的作者却只是听说世界上有大象这种东西，就自以为是地评论起来，凭空推算出某种作品有无价值或是否反动。可这样一来，文学批评岂不成了星相学、算命术？

第二，批评的力量取决于态度的实事求是和说理的严密透辟，并不取决于摆出唬人的声势或抛出几顶可怕的帽子。在我看来，批评者的真正使命是要排出正确的方程式，而不是硬塞给读者一些哗众取宠的结论，试想，对萧乾这样爱国的知识分子扣上买办——而且是"标准的买办"的帽子，说他鼓吹"月亮都只有外国的圆"，有半点事实根据吗？不讲什么道理，一味吼叫"御用，御用，第三个还是御用，今天你的元勋就是政学系的大公！鸦片，鸦片，第三个还是鸦片，今天你的贡烟就是大公报的萧乾！"这类口号，能叫作文学批评吗？再说得远一点，20世纪20年代末，在署名杜荃的一篇题为《文艺战线上的封建余孽》的文章中，把鲁迅当作"资本主义以前的一个封建余孽"来批判，并且定他为"双重反革命人物"，因为"资本主义对于社会主义是反革命，封建余孽对于社会主义是二重的反革命"。连当时中国革命的性质都没有闹清楚，对鲁迅的作品更是完全无知，居然如此气势汹汹地开骂，给鲁迅扣上这样大的帽子，这能说有半点实事求是之心吗？这类文章又能叫作什么文艺批评呢？记得差不多五十年前，刘雪苇老师就在课堂上狠狠挖苦过这类批评家为"善于翻筋斗的表演家"。我希望，这类批评家还是少一点为好。

第三，批评必须尊重原意，忠于原文，不能断章取义，移花接木，另扎一个稻草人为靶子。这应该成为批评者的公德。令人遗憾的是，某些批评恰恰大有悖于这类公德。以1948年东北批判萧军为例，所谓萧军"反苏"、"反共"、"污蔑土改"等等罪名，完全由任意拼接、罗织而成：一位中学生在《文化报》上为文记述白俄孩子与中国儿童的争吵，竟被说成主编萧军蓄意挑拨中苏关系；萧军虚拟的人物老秀才转变前的思想，竟被摘录出来诬栽到作者本人身上，而对人物转变后"拥护中国共产党"、"支援前线打倒蒋介石赶走美帝国主义"的言行则故意视若无睹。在整肃所谓"胡风反革命集团"过程中，许多书信的编摘剪接、批判文章的撰写组合，也无不做了很多手脚，用了不少特技，借以欺骗世人。以张中晓1950年7月27日致胡风信的遭遇为例：这封长达四五千字的信，竟被摘编得面目全非。原信本为自述身世而作，特别讲到自己1948年5月大量出血、发现患肺结核病已经五六年、陷入贫病交加境地时的悲观心情。上点年纪的人都知道，在40年代，患肺结核几乎是绝症，刚发明的青霉素注射液要用金条来买。所以张中晓在信中说："我是用最大的力量来战胜肺结核的，我想，这是使我恨一切的原因。两年来，我所受的苦难比从前的一些日子多，我懂得了什么叫贫困！什么叫做病，什么叫做挣扎！……对这个社会秩序，我憎恨！"很明显，张中晓憎恨的是旧社会、旧秩序、旧制度及其残留物。可是，《关于胡风反革命集团的材料》的编者却故意删除张中晓这些重要话语，只巧妙地节录了"我过去曾写过一些杂文和诗，现在待身体较再好一点，我准备再写。两年来，我脾气变了许多，几乎恨一切人……对这个社会秩序，我憎恨！"于是，憎恨的来由变得莫名其妙，仿佛只是出于反革命本能，而憎恨的对象也从旧社会变成了新社会，终于得到了张中晓向革命者"磨刀霍霍"的铁证。这种歪曲篡改之明目张胆，实在到了骇人听闻的程度！

第四，批评宜以对方实实在在的文字做根据，不搞诛心之论。上述断章取义，歪曲篡改，毕竟还利用对方的文字，而诛心之论则进了一步，干脆不根据对方实在的文字，只按自己的意图从文字之外想象出对方的罪名，说白了其实是诬陷。有例为证：1948年8月15日，萧军在他主编的《文化报》上，为纪念抗日战争胜利三周年发表了一篇社评，其中有这样一段话：

> 如果说，第一个"八一五"是标志了中国人民战败了四十年来侵略我们最凶恶的外来的敌人之———日本帝国主义者；那么今年的"八一五"就是标志着中国人民在共产党领导下，就要战胜我们内在的最凶残的"人民公敌"——蒋介石和他底匪帮——决定性的契机。同时也将是各色帝国主义者——首先是美帝国主义——最后从中国土地上撤回他们底血爪的时日；同时也就是几千年困扼着我们以及我们祖先的封建势力末日到来的一天。

　　　　　　　　　　　　　　　　　　　新文学小讲

思维正常的人，都会感觉到萧军这段话体现了一位进步作家在解放战争节节胜利的情势下那种欢欣鼓舞的心情。但是，批判他的人，竟从文中"各色帝国主义者——首先是美帝国主义"这个词语，生发出了萧军的罪名。他们刊发了一篇《斥〈文化报〉的谬论》的文章，断定萧军用"各色"两字，意在影射攻击苏联为"赤色帝国主义"。试问这种手段，和雍正年间查嗣庭因出了"维民所止"试题而被说成要砍皇帝的脑袋的文字狱，岂非如出一辙？

第五，批评就是批评，不要进行人身攻击或造谣中伤。文学批评原属文艺与学术的范畴，发展到文艺、学术之外就不正常。但越出文艺、学术争论的事，历来就有。林琴南"五四"时期作小说《荆生》《妖梦》，就了为了向对方进行人身攻击，并表达出借助军阀武力来镇压新文化运动的愿望。更显著的，则是20世纪30年代有人造鲁迅以及左翼作家的谣，说他们"拿苏联的卢布"。这样做，一要诋毁对手的人格，封住他们的嘴巴；二有更加恶毒的用心，即置鲁迅等人于死地，向国民党当局示意这些作家可杀。然而，文人堕落到这种可悲的境地，也就意味着自身文学生命的终结。

提到上面这些，当然不仅为了谈论某一页丑恶的或惨痛的历史，实在也因为在现实中深有感触而发。近年我研究金庸小说，发表了一些看法，就受到有的作者的攻讦。学术见解不同甚至相反，原属常事，我极愿意听到对拙作的批评意见；但我确实无法赞同那种不读任何作品也不了解相关情况就高谈阔论"拒绝"，还要骂"北大自贬身份而媚俗"的态度，认为这绝非严肃的作者所应为。在我公开表示对这种荒唐的"拒绝"不值得重视之后，有作者就移花接木，歪曲本意，居然说我把金庸作品当饭吃，竭尽嘲骂之能事。甚至还有人造出谣言说我"拿了金庸的红包"。可以说，半个世纪里发生的种种奇怪事情，这两年在不同程度上也让我摊上了。我实在不明白有的人为什么会那么无聊，不堂堂正正地讨论问题却要采取此等鬼祟手段；也不明白我主张社会要多一点正义感、多一点见义勇为精神、多一点独立思考的头脑，何以如此遭有些人之忌。或许正如鲁迅当年所说："拿卢布"之类谣言的抛出，"不过想借此助一臂之力，以济其'文艺批评'之穷"？当然，比起30年代鲁迅等作家几乎被置于死地的境遇，我毕竟幸运得多，至今还没有人说我"拿了中央情报局的美元"，我似乎理应向造谣者给予的宽容表示感谢！

关于学理讨论和文化批评，伏尔泰有句话说得非常好："我虽然不同意你的意见，但我誓死维护你发表意见的权利！"这才是真正的君子风度，是包括文艺批评工作者在内的一切从事批评人员都应具备的素质。我们应该珍惜伏尔泰所说的这种权利。用不了多久，人类就要进入新世纪了。我诚挚地希望，未来世纪的文坛能高扬文明与理性的大旗，将20世纪某些不好的批评风气，作为排泄的垃圾拒之于大门之外。

第
二
辑

鲁迅作品的经典意义 ①

20世纪即将成为历史。站在世纪之交回眸百年中国文学，真正称得上经典的作家作品，似乎未必能排出一份很长的名单。

然而，无论这份名单长或短，我却相信，鲁迅永远是其中不可或缺的一位——大概还会居于首位。

鲁迅创作能成为20世纪的文学经典，是因为作品本身具有下述三种质素。

一是忧愤深广的现代情思

"五四"新文学之所以能成为真正具有现代意义的文学，是基于人的觉醒，基于启蒙精神。"五四"新文学根本告别

---

① 载《北京大学学报》1996年第1期。

了"威福、子女、玉帛"的旧价值观念，充满了个性解放与民族自强的要求，充满了对国民蒙昧状态的深刻剖露和沉痛忧思，充满了对被压迫群众的沉挚关怀以及人人应该懂得自尊又应该懂得尊重别人的热情呼喊。鲁迅就是这种文学的最重要的奠基者，也是它的最杰出的代表。现代小说的开篇之作《狂人日记》，从几千年历史的字缝里读出了"吃人"二字，并发出"救救孩子"的呼声，可以说就是一篇文学形式的人权宣言。《故乡》中，当闰土张口叫一声"老爷"时，"我"竟至心灵震颤，"似乎打了一个寒噤"；这一笔也只有真正把农民视作朋友的鲁迅才能写出。《阿Q正传》既含泪鞭挞了阿Q的精神胜利法，也沉痛鞭挞了阿Q的革命，因为阿Q式的革命只是要站到未庄人的头上，成为新的压迫者；鲁迅很怕"二三十年以后"中国"还会有阿Q似的革命党出现"（《华盖集续编·〈阿Q正传〉的成因》）。早在1919年8月，鲁迅在为日本作家武者小路实笃四幕反战剧本《一个青年的梦》写的译者序中，就对"人人都是人类的相待"一句话表示"极以为然"，并且说："中国也仿佛很有许多人觉悟了。我却依然恐怖，生怕是旧式的觉悟。"这里所谓"旧式的觉悟"，就是指自我获得解放之后却去压迫别人，损害他人以肥利自己，以及对"威福、子女、玉帛"一类封建性人生理想的追求。三个月后，鲁

　　　　　　　　　　　新文学小讲

迅又为《一个青年的梦》写了第二篇《译者序》，说："我虑到几位读者，或以为日本是好战的国度，那国民才该熟读这书，中国人又何须有此呢？我的私见，却很不然：中国人自己诚然不善于战争，却并没有诅咒战争；自己诚然不愿出战，却并未同情不愿出战的他人；虽然想到自己，却并没有想到他人自己。譬如现在论及日本并吞朝鲜的事，每每有'朝鲜本我藩属'这一类话，只要听这口气，也足够教人害怕了。"鲁迅作品中这种人我关系完全平等、"容不得吃人的人活在世上"的主张，便充满了20世纪的时代意识，与封建的、小生产的、资产阶级损人利己的各类态度都截然不同。

对于个性主义，鲁迅当然是赞美和支持的，它是鲁迅前期作品的基本思想之一。无论是年轻时敢于拔神像胡子的吕纬甫，或者怀抱新理想与旧势力顽强抗争的魏连殳，他们都是鲁迅笔下令人同情的英雄。"站在沙漠上，看看飞沙走石，乐则大笑，悲则大叫，愤则大骂"（《华盖集·题记》），这是当时那些追求心灵自由的知识者的真实写照。"我是我自己的，他们谁也没有干涉我的权利！"《伤逝》女主人公子君的话语，更成为青年们风靡一时的口头禅。然而鲁迅作品的可贵，不仅在于写出个性主义的值得肯定，还在于写出个性主义具有脆弱的一面。吕纬甫失却蓬勃朝气而走向消沉、颓唐；魏连殳由愤世嫉俗发展到玩世不恭、痛苦屈服；连更年轻的子君、涓生也终于演出婚恋的悲剧。觉醒的个体面对强大的"无物之阵"，往往以失败告终。鲁迅作品中弥漫的悲剧性气氛，与其说由于中国知识分子对西方19世纪末兴起的悲观思潮的认同，不如说出于对东方专制主义统治下社会现实的深刻体察。鲁迅谈到20世纪20年代沉钟社作家们悲凉心情时说，"即使寻到一点光明，'径一周三'，却是分明的看见了周围的无涯际的黑暗"（《中国新文学大系·小说二集序》）。这其实也正是整个"五四"一代知识青年普遍面临的状况。它是单纯的个性主义武器所无法对付的。可以说，鲁迅作品不仅启了旧的封建主义之蒙，同时也启了新的个性主义之蒙。丰富的战斗实践经验，使鲁迅很早就成为无产阶级的天然盟友，而在接受马克思主义以后，更能纯熟自如地运用这一武器，开展两条战线的斗争，在与正面敌人作战的同时，抵制和反对种种机械论、庸俗化的倾向。这就是文学家而又兼思想家的鲁迅的深邃之处，也是他的文学作品的重大价值所在。

二是超拔非凡的艺术成就

　　鲁迅创作又是"文的觉醒"的杰出代表。如果说大部分"五四"新文学作家的作品都比较幼稚浅露，那么，鲁迅作品艺术上却是圆熟独到的。他比一般作家高出一大截，几乎形成鹤立鸡群之势。无论小说、散文、散文诗或杂文，鲁迅的许多作品都包含了对生活的独特发现，熔铸着作者自己的真知灼见，艺术表现上又是那么简洁凝练、圆熟老到、质朴遒劲、余味无穷，因而具有沉甸甸的分量。尤其在塑造人物方面，鲁迅有一种近乎神奇的本领，往往寥寥几笔，就能使人物栩栩如生，形神毕肖。他的小说不多，却能创造出闰土、阿Q、祥林嫂、孔乙己、魏连殳等一系列出色的典型，连不多几笔写成的杨二嫂也那么令人难忘，这不能不说是一种辉煌的成功。散文里的长妈妈、龙师父、范爱农、藤野先生，也都是一些很有艺术光彩的生动形象。不识字的长妈妈，本不知《山海经》为何物，但听说少年鲁迅喜爱此书，就花钱买了回来，高兴地说道："哥儿，有画儿的。'三哼经'我给你买来了！"范爱农连死后，尸体也是直立着。细节的选择和描画何等传神有力！这些都和作者"静观默察，烂熟于心"，然后用最省俭的笔墨去刻画人物最独特的地方——"画眼睛"的方法有关；更和作者着意于"穿掘灵魂的深处"——"写灵魂"这一艺术主张密切相连。

鲁迅作品在艺术上的高度成就，固然由于他超群的创作才能，更得力于他广纳百川、贯通古今，吸收融会了西方近代和中国古代丰富的文学营养。他历来主张"博采众家，取其所长"（《鲁迅书信集·致董永舒》），借鉴一切有用的创作方法和表现手法。他曾以自己的经验告诫青年文艺家："必须如蜜蜂一样，采过许多花，这才能酿出蜜来，倘若叮在一处，所得就非常有限，枯燥了。"（《书信集·致颜黎民》）鲁迅小说的结构、形式取自西方，然而叙述描写都很简洁，极少琐细的环境描写，"宁可什么陪衬拖带也没有"，这又得力于白描，得力于中国文学丰富的抒情传统。就创作方法而言，鲁迅作品既有属于主流地位的写实主义，又有浪漫主义、象征主义、表现主义，它们相互错综、相互渗透，形成多元的斑斓的色调。单纯与丰富、质朴与奇警、冷峻与热烈、浅白与深刻、诗情与哲理、西方影响与民族风格，在鲁迅作品中统一得那么和谐、那么出色，达到了极高的境界。

三是文体实验的巨大功绩

要说20世纪的文体家，当推鲁迅为首选。他是文备众体的一代宗师。在新文学的小说、杂感随笔、散文、散文诗各类体裁方面，他都是真正的先驱，不仅筚路蓝缕，而且建树辉煌。

新体白话小说在鲁迅手中创建，又在鲁迅手中成熟。海外有的学者以为《狂人日记》之前，已有陈衡哲的《一日》，首创之功不属鲁迅。但其实，《一日》姑不论其文笔稚嫩，即以文体而言亦非小说，作者陈衡哲女士自己说得明白：那是一篇记事散文。无论从创作时间之早、思想容量之大、艺术质量之高来说，《狂人日记》的开山地位都是无可动摇的。

鲁迅小说文体的突出特点，是富有开创精神。以《呐喊》《彷徨》而论，作者根据不同小说内容的需要，为每篇作品精心寻找恰到好处的体式和手法：有的截取横断面，有的直现纵剖面，有的多用对话，有的近乎速写；有的采用由主人公自述的日记、手记体，有的采用由见证人回述的第一人称，有的则用完全由作者进行客观描绘的第三人称；有的抒情味很浓，有的讽刺性很强，有的专析心理，有的兼表哲理，形式种类极为多样。正像沈雁冰当年《读〈呐喊〉》一文所说："在中国新文坛上，鲁迅君常常是创造形式的先锋；《呐喊》里的十多篇小说，几乎一篇有一篇新形式，而这些新形式又莫不给青年以极大的影响，必然有多数人跟上去试验。"后来的《故事新编》，更属全新的大胆尝试。作者运用古今杂糅、时空错位乃至荒诞、夸张的手法，将神话、传说、历史上的人物还原于凡俗的环境中，寄托或庄严、或滑稽、或悲哀、或憎恶的诸种心态。这是鲁迅借鉴国外表现主义作品而做出的重要创造。

散文诗的创作，在中国，鲁迅也是第一人。从《自言自语》一组到《野草》24篇，可以看出作者为展示自我心灵世界而探索运用这一文体，达到得心应手的过程。《野草》融合了鲁迅的人生哲学和艺术哲学。奇幻的意象，幽深的境界，象征的方法，冷艳的色彩，精妙的构思，诗意的独语：鲁迅所做出的这些最富个性的贡献，使散文诗成为20世纪中国文学里隽妙精美、极具魅力的艺术珍品。

杂文更可以说是鲁迅的文体。它虽起源于《新青年》上的随感录，却主要由于鲁迅的弘扬与创造而成为文学中的一体。这种文艺性的议论文，往往熔随笔、时评、政论、诗、散文于一炉，以便自由挥洒、短兵相接地对时事、政治、社会、历史、文化、习俗、宗教、道德诸类问题做出广泛而敏锐的反应。在长达十八年的时间里，鲁迅倾注大部分精力，在这一并无固定体式的领域纵横驰骋，使他天马行空般的文思与才华醋畅淋漓地发挥到了极致。鲁迅赋予这种文体以丰厚的审美特质。鲁迅杂文以其思想的锋锐性、深刻性和丰富性，议论的形象性、抒情性和趣味性，赢得千千万万读者的喜爱，成为中国思想史、文化史、文学史上一座罕见的宝库。

我们大概无须一一列述鲁迅各类作品在各种文体上的贡

献。其实，在文学艺术的许多根本问题——例如思想与艺术、继承与创新、开放与自立、西方影响与民族风格等方面，鲁迅的实践和理论都具有根本的意义。它们同样证明了鲁迅作品的经典价值。

　　鲁迅是超前的，也是说不尽的。鲁迅不仅属于20世纪，属于过去，更属于21世纪，属于未来！

废名小说艺术随想 ①

　　只爱读故事的人，读不了废名的小说，因为废名小说里少有扑朔迷离的故事。

　　读惯了一般新文学作品的人，可能也读不惯废名的小说，因为废名小说有时连人物也是隐隐约约的。

　　一目十行的急性子读者，更读不了废名的小说，因为废名小说必须静下心来仔细品味。

　　这样说，丝毫没有故弄玄虚的成分，实在只是我亲历的一种经验。

　　记得15~16岁时，曾有机会接触废名的部分小说，那时只觉得一个涩字，难以下咽。

　　十年以后，钻研中国现代文学成了自己的专业工作，只得

---

① 载《中国文化》1996年8月第13期。

硬着头皮去读，感受开始不一样了，觉得废名作品确有其独特的韵味，经得起咀嚼。正像江南人称为青果的橄榄，初入口不免苦涩，慢慢渐有一股清香从舌端升起，仿佛甘美无比，久而久之竟连它的硬核也舍不得吐掉。这才体会到《儒林外史》所写周进评阅范进试卷，读第三遍始觉出味道，恐怕不只具有讽刺的意义，也可能还是某种实情。

废名小说其实是供人鉴赏的小品和诗。他写生活的欢乐和苦涩、静谧和忧郁、寂寞和无奈……咀嚼并表现着身边的悲欢，间或发出声声叹息。作者未必具有反礼教的意图，真正看重的乃是诗情和意趣。

借日常琐事来展现生活情趣，这种趋势在废名小说创作中似乎一开始就存在。作于1923年的《柚子》《半年》《阿妹》等篇，就可以作为这方面的代表。《柚子》通过童年一系列日常琐事，刻画了表妹柚子的鲜明形象。"我"糖罐子空了就偷吃柚子的糖，"柚子也很明白我的把戏，但她并不作声"，温厚可爱的性格跃然纸上。《半年》写"我"在城南鸡鸣寺养病读书的数月经历。与女孩子们拣磨菇，与新婚妻子芹之间的相互逗乐，成为"我"生活中的极大趣事。"可恼的芹，灯燃着了，还故意到母亲那里支吾一会；母亲很好，催促着，'问他要东西不。'"婚姻的幸福以及享受新婚之乐的急切心情，洋溢在字里行间。这里也有贾宝玉式爱和女孩子厮混的习性，却并没有"婚非所爱"的尴尬情境。

废名早年的小说，艺术上已显示出多暗示、重含蓄、好跳跃的特点（如《火神庙的和尚》）。但这种特点真正能很好发挥，运用自如，要到1927年前后。《桃园》正是最为圆熟的一篇："王老大只有一个女孩儿，一十三岁，病了差不多半个月了。"开篇的文字，就简洁到了极点。作者用写诗的笔法写小说，提到桃花盛开季节西山的落日，提到照墙上画的天狗吞日图像，提到阿毛为"我们桃园两个日头"欢呼，正是为了点出明媚春光下女儿心中充溢着的美好感情，以及女儿病后父亲忧急如焚的心情。全篇着力表现的，乃是王老大和阿毛间的父女挚爱。阿毛病了，但她还是关爱着父亲，看到爱酒的父亲酒瓶已空，便竭力劝父亲去买酒。王老大却一心惦念病中的阿毛。只因女儿说了一句"桃子好吃"，即使产桃季节早已过去，做父亲的竟用空酒瓶再贴些零钱，换回来一个玻璃桃子，想让女儿"看一看"也是好的。小说结尾是：玻璃桃子被街头嬉戏的孩子撞碎了，王老大与顽皮的作孩子"双眼对双眼"地干站着——碎的不仅是桃子，更是王老大一颗爱女之心。小说写出贫民父女间相濡以沫的爱，足可与朱自清散文《背影》相媲美。"王老大一门闩把月光都闩出去了"，这种跳脱的笔法与孤寂的场景，更衬托出父爱的伟大与深挚。对情趣的看重，也进而构成为一种艺术意境。

若论表达的含蓄委婉与灵动跳脱，同样作于1927年的《小五放牛》，也可算有代表性的一篇。富户霸占老实农民的妻子，这样的题材在一般作家笔下，都会写得剑拔弩张，愤慨之情溢于言表。但废名的处理颇为不同。作品通过放牛娃小五的特定视角来写，以孩子的天真眼光多少过滤了某些丑恶场景。叙事语言则显得曲折委婉，却又婉而多讽："穿纺绸裤子"的阔屠户王胖子，长期"住在陈大爷家里，而毛妈妈决不是王胖子的娘子"。客观叙述之中，暗含对农民陈大爷的同情。全篇只有2300字，就写了各有性格的四个人物。文字简洁洗练，富有表现力，如形容毛妈妈之胖："我想，她身上的肉再多一斤，她的脚就真载不住了。"有些转折属跳跃式，简直有点蒙太奇意味，如以放牛娃自述方式呈现的三行文字：

"打四两酒。"

王胖子这是吩咐他自己——但他光顾我小五了：

"小五，替我到店里去割半斤肉来，另外打四两酒。"

"五四"时期小说作家中，文字这么简省讲究的，鲁迅而外，恐怕只有废名了。

还应该说，废名小说具有某种超前的质素。对于后来的京派作家如沈从文、汪曾祺，废名作品具有引导意义。

废名早年在北大读外文系，学的是英文。除了深深濡染于晚唐诗之外，也许因为大量接触英国作品的缘故，他的小说在手法和语言上也自觉或不自觉地受到西方现代文学的影响。"五四"时期中国小说采用意识流的并不多，但废名的某些作品，却含有意识流的成分。《追悼会》的主人公在纪念"三一八"惨案一周年的会场上那些繁杂的心理活动，就带有意识流的特点。《桃园》中阿毛"坐在门槛上玩"一段，也有十足的意识流味道："阿毛用了她的小手摸过这许多的树，不，这一棵一棵的树是阿毛一手抱大的！——是爸爸拿水浇得这么大吗？她记起城外山上满山的坟，她的妈妈也有一个，——妈妈的坟就在这园里不好吗？爸爸为什么同妈妈打架呢？有一回一箩桃子都踢翻了，阿毛一个一个的朝箩里拣！天狗真个把日头吃了怎么办呢……"废名小说的某些语言和写法，还具有现代派文学那种通感的色彩。如《菱荡》中的文字："停了脚，水里唧唧响——水仿佛是这一个一个的声音填的！""菱荡的深，这才被她们搅动了。"又如《河上柳》："老爹的心里又渐渐滋长起杨柳来了。"废名似乎竭力要将诗和散文的种种因素引入小说，其结果，则使他的小说某些意象极其像诗。试读《菱荡》第二段："落山的太阳射不过陶家村的时候（这时游城的很多），少不了有人攀了城垛子探首望水，但结果城上人望城下人，仿佛不会说水清竹叶绿——城下人亦望城上。"它使我们想起了卞之琳《断章》中的诗句："你站在桥上看风景，看风景人在楼上看你。"这种诗、散文和小说融合的趋向，也正是现代派文学的一大特点，而这一特点在废名小说中很早就出现了。

废名的小说是耐读的：不仅耐得住不同的阅读空间，也耐得住不同的阅读时间和阅读对象。

1995年11月14日草成

1996年3月17日抄毕

漫谈穆时英的都市小说 ①

在中国，真正的现代都市小说，大概只能从20世纪20年代末30年代初新感觉派出现的时候算起。其发祥地则是上海。

30年代的上海，有点像80年代的香港，是亚洲首屈一指的国际商业中心和金融中心，世界性的大都会。它有"东方巴黎"之称。其繁华程度，就连当时的东京也难以匹敌，虽然它呈现着明显的半殖民地畸形色彩（帝国主义在中国最大的租界就设在这里）。中国现代都市小说——而且是带有现代主义特征的都市小说，最早诞生在这里，决非出于偶然。

鲁迅在1926年谈到俄国诗人勃洛克时，曾经赞许地称他为俄国"现代都会诗人的第一人"，并且说："中国没有这样的都会诗人。我们有馆阁诗人，山林诗人，花月诗人……没有都

---

① 本文为上海文艺出版社1997年出版的《穆时英·都市小说》一书的序。

新文学小讲

会诗人。"(《集外集拾遗·〈十二个〉后记》）如果说20年代前半期中国确实没有现代性的都会诗人或都会作家的话，那么，到20年代末期和30年代初期可以说已经产生了——而且产生了不止一种类型。写《子夜》的茅盾、写《上海狂舞曲》的楼适夷，便是其中的一种类型，他们是站在先进阶级立场上来写灯红酒绿的都市的黄昏的（《子夜》初名就叫《夕阳》）。另一种类型就是刘呐鸥、穆时英等受了日本新感觉主义影响的这些作家，他们也在描写上海这种现代大都市生活中显示出自己的特长。其实，这样的区分多少含有今天的眼光。从当时来说，两者的界限并不那么清楚。刘呐鸥在20年代末，思想上也相当激进，对苏联和日本的无产阶级文学运动都表示支持。他在上海经办的水沫书店，曾经是左翼文化的大本营。穆时英较早的小说，也称半殖民地上海为"造在地狱上的天堂"，揭露外国殖民者和资产阶级的荒淫丑恶，明显地同情下层劳动者和革命人民。而"左联"成员楼适夷，也曾尝试用新感觉主义手法来写《上海狂舞曲》，只是后来听从冯雪峰的劝告，才中止了这部小说的创作。可见，无论在日本或中国，新感觉主义和普罗文学运动最初都曾以先锋的面貌混同地出现。

刘呐鸥、穆时英的小说，从内容到形式都属于现代都市。场景是夜总会、赛马场、电影院、咖啡厅、大旅馆、小轿车、富豪别墅、滨海浴场、特快列车。人物是舞女、少爷、水手、资本家、姨太太、投机商、小职员、洋行经理，以及体力劳动者、流氓无产者和各类市民。小说的语言、手法、节奏、意象乃至情趣，也有明显的革新和变异。这类作品比较充分地体现了20世纪文学有别于传统文学的种种特点。如果说刘呐鸥（1900—1940）由于自小生长在日本，他笔下的都市生活上海味不浓，有点像东京，语言也多少显得生硬的话；那么，穆时英（1912—1940）却以他耀眼的文学才华和对上海生活的极度熟悉，创建了具有浓郁新感觉味同时语言艺术上也相当圆熟的现代都市小说。杜衡在30年代初期就说："中国是有都市而没有描写都市的文学，或是描写了都市而没有采取适合这种描写的手法。在这方面，刘呐鸥算是开了一个端，但是他没有好好地继续下去，而且他的作品还有着'非中国'即'非现实'的缺点。能够避免这缺点而继续努力的，这是时英。"（《关于穆时英的创作》）苏雪林也说："穆时英……是都市文学的先驱作家，在这一点上他可以和保尔·穆杭、辛克莱·路易士以及日本作家横光利一、堀口大学相比。"（《中国现时的小说和戏剧》）可见穆时英的都市小说在人们心目中的地位。

穆时英最早的集子《南北极》里的小说，大体是写实主义的。到1932年以后出版的《公墓》《白金的女体塑像》《圣处女的感情》三个集子，则呈现出颇不相同的现代主义倾向。作者把浪漫主义、写实主义都看作过时的货色。在一个短篇小说中，穆时英通过男女主人公的对话，清楚不过地表明了这种态度：

"你读过《茶花女》吗？"

"这应该是我们的祖母读的。"

"那么你喜欢写实主义的东西吗？譬如说，左拉的《娜娜》，朵斯退益夫斯基的《罪与罚》……"

"想睡的时候拿来读的。对于我是一服良好的催眠剂。我喜欢读保尔·穆杭，横光利一，堀口大学，刘易士——是的，我顶爱刘易士。"

"在本国呢？"

"我喜欢刘呐鸥的新的话术，郭建英的漫画，和你（指穆时英自己——引者）那种粗暴的文字，犷野的气息……"

在这本《都市小说》中，我们虽也保存了《偷面包的面包师》《断了条胳膊的人》两篇作为穆时英写实小说的样本，却理所当然地着重选录了他那些最有代表性的新感觉主义作品，如《上海的狐步舞》《夜》《黑牡丹》《夜总会里的五个人》《街景》《被当作消遣品的男子》《骆驼·尼采主义者与女人》《白金的女体塑像》《第二恋》等，因为这是穆时英获得"中国新感觉派圣手"称号，或者说穆时英之所以为穆时英的主要业绩。

穆时英新感觉主义的都市小说有些什么显著特色和创造？

特色之一，这些作品具有与现代都市脉搏相适应的快速节奏，有电影镜头般不断跳跃的结构。它们犹如街头的霓虹灯般闪烁不定，交错变幻，充满着现代都市的急促和喧嚣，与传统小说那种从容舒缓的叙述方法和恬淡宁静的艺术氛围完全不同。以《上海的狐步舞》为例，全篇都是一组组画面的蒙太奇式组接，文字简洁而视觉形象突出，富有动感和跳跃性，艺术上得力于电影者甚多。描述舞场情景时，作者有意从舞客的视角，多次回旋反复地安排了几段圆圈式的相同或相似的文字，给人华尔兹般不断旋转的感觉。在快速节奏中表现半殖民地都市的病态生活，这是穆时英的一大长处。

特色之二，穆时英笔下的人物，常常在"悲哀的脸上戴了快乐的面具"（《公墓·自序》）。《夜总会里的五个人》可以说写了当时上海生活的一幅剪影：从舞女、职员、学者、大学生到投机商的五位主人公，每人都怀着自己的极大苦恼，在周末拥进了夜总会，从疯狂的跳舞中寻找刺激。黎明时分，破产了的"金子大王"终于开枪自杀，其余四人则把他送进墓地。这在穆氏小说人物中颇有代表性。穆时英的人物形象，尤以年轻的摩登女子为最多，也最见长。她们爱看好莱坞电影，"绘着嘉宝型的眉"，喜欢捉弄别人，把男子当消遣品，而在实际生活中依然是男子的玩物。无论是《夜》里那个舞女，还是《Craven"A"》里的余慧娴，或者《夜总会里的五个人》中的黄黛茜，她们尽管"戴了快乐的面具"，却都带着大大小小的精神伤痕，内心怀有深深的寂寞和痛苦。《黑牡丹》里那个女主人公的命运，已经算是够好的了：她在一个深夜为了躲避舞客的奸污，从汽车中脱逃狂奔，得到别墅主人的救护，终于成为这位男主人的妻子，但她一直没有对丈夫说出自己的舞女身份，也要求一切知情人为她保密，她不愿再去触动自己灵魂深处的那块伤疤。能够写出快乐背后的悲哀，正是穆时英远较刘呐鸥等人深刻的地方。

特色之三，穆时英小说中有大量感觉化乃至通感化的笔墨。

新感觉派之所以被称为新感觉派，就因为这个流派强调直觉，强调主观感受，重视抓取一些新奇的感觉印象，努力将人们的主观感觉渗透融合到客体描写中去，以创造新的叙事语言和叙事方法。例如，穆时英将满载旅客的列车开离站台的一刹那，写成"月台往后缩脖子"（《街景》）；将列车夜间在弧光灯照耀下驶过岔路口，写成"铁轨隆隆地响着，铁轨上的枕木像蜈蚣似地在光线里向前爬去"（《上海的狐步舞》）。月夜的黄浦江上，穆时英这样写景："把大月亮拖在船尾上，一只小舢板驶过来了，摇船的生着银发。"（《夜》）黎明时刻的都市，在他笔下被形容为："睡熟了的建筑物站了起来，抬着脑袋，卸下灰色的睡衣。"主人公坐电梯到四楼，穆时英写作："电梯把他吐在四楼"（均见《上海的狐步舞》）。这类写法既新鲜，又真切，富有诗意，给读者留下深刻的印象。穆时英还常常把视觉、听觉、嗅觉、味觉、触觉这些由不同的器官所产生的不同感觉，复合起来、打通起来描述，形成人们常说的通感。像《上海的狐步舞》里，就有"古铜色的鸦片烟香味"这类词句。《第二恋》里，当19岁的天真稚嫩的女主人公玛莉第一次出场时，男主人公"我"感到："她的眸子里还遗留着乳香。"两人因经济地位的悬殊而遗憾地未能结合，九年以后再见，玛莉"抚摸着我的头发"，"那只手像一只熨斗，轻轻熨着我的结了许多皱纹的灵魂"。应该说，这些都是相当精彩的笔墨。

此外，穆时英在有些作品中还较为成功地运用了心理独白。《白金的女体塑像》就呈现了一位男医生在女病人裸体面前的心理活动和心理变化，有两段文字甚至连缀而不加标点，一如西方有些现代派作品那样。《街景》则多少采用了时空错位的意识流手法。这在二三十年代也是一种新的探索。

凡此种种，都表明穆时英对于中国现代都市小说的建立和发展，做出过重要的贡献。

28岁就去世的穆时英，也许只能算是一颗小小的流星，然而，历史的镜头却已经摄下了他闪光的刹那。

1996年2月1日草就于北大中关园寓所

穆时英长篇小说追踪记
——《穆时英全集》编后

不管人们对穆时英有多少不同的评价，却大概都会承认：他是一位有才华（鬼才也罢，天才也罢）的中国新感觉派的代表性作家。

穆时英的作品，通常知道的有《南北极》《公墓》《白金的女体塑像》《圣处女的感情》四种，都是短篇小说集。20世纪80年代初我编《新感觉派小说选》时，曾发现《第二恋》《狱啸》《G No.Ⅷ》等集外小说，却也都是短篇或中篇连载未完的。至于穆时英发表过长篇小说没有，虽然有一些线索可寻，却一直得不到确证。

所谓"有一些线索"者，一是穆时英将《上海的狐步舞》称为"一个断片"，意味着它可能是长篇的一部分；二是在1936年初的《良友》图画杂志113期和另一些刊物（例如《海燕周报》）上，曾刊登过"良友文学丛书"将穆时英长篇小说《中国行进》列作丛书之一的广告，其广告词说：

这一部预告了三年的长篇，现在已全部脱稿了。写一九三一年大水灾和九一八的前夕中国农村的破落，城市里民族资本主义和国际资本主义的斗争。作者在这里不但保持了他所特有的轻快的笔调，故事的结构，也有了新的发现。

既然"全部脱稿"，当然就有正式出版的可能。于是我在1983年5月写信请教当年"良友文学丛书"主持人赵家璧先生：《中国行进》这部长篇到底是否出版过？家璧先生当时正在病中，病愈后他在7月10日复信说：

家炎同志：

……穆时英是我大学读书时同学，颇有写作天才，如此下场，我对他颇有惋惜之情。第三辑《新文学史料》里，将发表我又一篇回忆史料，其中有一段提到他，但非常简短，未提及你要了解的那个长篇。

这部最初取名为《中国一九三一》的长篇是我鼓励

他写的。当时我对美国进步作家杜司·帕索斯（John Dos Passos）的三部曲很欣赏，其中一部书名就叫《一九一九》。穆借去看了，就准备按杜司·帕索斯的方法写中国，把时代背景、时代中心人物、作者自身经历和小说故事的叙述，融合在一起写个独创性的长篇。这部小说后改称《中国行进》……

据我的记忆，这部书曾发排过。由于用大大小小不同的字体，给我印象较深。但此书确实从未出版，其中各个章节也未记得曾发表在任何刊物上。如果你们现在不提起，我简直想不起来了。上述一点史料，不知能满足你的要求否？下次如来沪出差开会，希望抽空来舍谈谈。

敬颂著安

赵家璧 83.7.10

赵家璧先生的答复当然最有权威性，我也就死心塌地不再继续追寻了。但是，有一次西安的钟朋先生来访，他说到黑婴曾告诉他，穆时英有一部长篇，似乎曾在上海一家报纸连载过，到底是什么报却记不甚清楚。这样，我又从希望的灰烬中看到了一点火星。从种种迹象判断，我猜想，黑婴先生说的这种报纸，大概会是《晨报》。去年夏天，当中国现代文学馆的李今女士要到上海查找穆时英、刘呐鸥的资料时，我就将这一线索告诉了她，请她前去一试。

李今女士在上海用许多时间认真翻阅了《晨报》以及《小晨报》。结果是：《中国行进》这部长篇小说并没有找到，却意外地发现了穆时英的许多散文作品和理论文字，尤其是有关电影艺术和文学方面的许多佚文，像《电影批评底基础问题》《电影的散步》《电影艺术防御战》《文学市场漫步》等几组论文，总计约有10万字以上。这些文字既显示了穆时英的文学艺术见解乃至社会政治观点，也表明了他所受到的西方电影、戏剧、小说的熏陶，以及他当时的苦闷与思考。接着，李今女士又根据香港稽康裔一篇回忆文章（这是CHRYS-CAREY先生帮我复印的）所提供的线索，在1936年上海《时代日报》上发现了穆时英写上海"一·二八"抗战的一部长篇——《我们这一代》（可惜这部长篇因作者去了香港而仍未连载完毕）；还发现了穆时英的几篇不为人知的短篇小说。李今女士这些经过辛苦劳作而获得的发现，大大丰富了学术界对穆时英的资料掌握，足以将这方面的研究推进到一个新的层次。连穆时英到底是汉奸还是抗日的地下工作人员这个谜，或许也可由此获得解开。

我还想提到另一位在这方面有贡献的学者，那就是吴福辉先生。他在深入研究海派小说的过程中，发现了穆时英还有一部最早创作并正式出版的长篇——《交流》。这部约10万字的小说在1930年由上海芳草书店印行。书末作者自署："二十三日，五月，一九二九年，于怀施堂。"写作时间简直与《狱啸》难分先后（《狱啸》写毕于"一九二九，五，十五日"）。应该说，这是穆时英真正的处女作。当时穆时英只有17岁，完全没有什么名声，别人无须利用他的名字来推销假货赚钱。小说情节建立在凭空编故事的基础上，破绽颇多，技巧相当幼稚，但语言中诗的质素和回旋复沓的调子，证明它确属穆时英的手笔。也许作者后来对它和《狱啸》这两种最早的作品都很不满意，所以绝少提到，以致几乎无人知道。现在发掘出来，对我们了解穆时英的成长过程和文字磨炼功夫，仍是有意义的。

总之，这部《穆时英全集》，可以说是我们根据某些线索追踪穆时英的长篇小说，在此过程中不断有所发现、有所收获的结果。我们最初只想找《中国行进》，无意于编这样的全集，后来却意外地形成一发而不可收的局面。这或许就叫作"有意栽花花不发，无心插柳柳成荫"吧！

既然编成了"全集"，我们也就乐于在书的最后部分附录那些好不容易搜集来的前人对穆时英回忆、评论的文章，作为

新文学小讲

史料留存。其中有几篇是日本作家在侵华战争时期发表在日本《文学界》上的文字，也由李今女士请李家平先生将它们译成了中文。我们相信，附录所有这些资料，对于广大读者、研究者，都将是一种方便。

我和李今女士在编辑这部"全集"时，得到多方面的帮助。穆时英发表在香港《星岛日报》上的文字是现就读于香港中文大学的博士生张咏梅小姐提供的。另外，在这些资料的照相、还原、复印等方面，得到了上海辞书出版社王有朋、何香生先生，北京图书馆边延捷女士的热情协助，我们谨在此致以深深的敬意和谢意。

1997年3月18日

京派小说与现代主义 ①

　　一说起中国的现代主义，人们自然会想到20世纪30年代的新感觉派——海派小说的一支。的确，刘呐鸥、穆时英、施蛰存等海派作家在扩大引进现代主义并做出多种多样的开拓创新方面，真是功不可没。

　　但是，对海派现代主义的重视和研究，却是以京派现代主义的被遗忘为代价的。

　　现代主义并非海派的专利。京派作家其实在现代主义方面同样做过许多实验，而且取得了可喜的成绩，只是至今人们没有注意到而已。

　　京派作家小说中最早出现某些现代主义成分的，也许是废名。他的《追悼会》《桃园》等小说，确实融入了不少流动性

----

　　① 载《艺文述林》第2辑，上海文艺出版社1997年11月出版。

　　　　　　　　　　　　　　　　　　　　新文学小讲

意识片段。《追悼会》中，主人公北山为朋友临时要他登台演说所苦，思绪飘忽不定，心情烦躁，既不能专心准备讲演辞，又无心倾听别人在台上演说，"若听见，若听不见"，常常发出无意识的骂声，骂别人，也骂自己，"不能明白的意识出来追悼什么"。小说借意识或潜意识的流动，写出特定情境中主人公繁乱的心境。

《桃园》中阿毛"坐在门槛上玩"一段，则以作者叙述的方式传达出人物意识的流向："阿毛用了她的小手摸过这许多的树，不，这一棵一棵的树是阿毛一手抱大的！——是爸爸拿水浇得这么大吗？她记起城外山上满山的坟，她的妈妈也有一个，——妈妈的坟就在这园里不好吗？爸爸为什么同妈妈打架呢？有一回一箩桃子都踢翻了，阿毛一个一个的朝箩里拣！天狗真个把日头吃了怎么办呢……"几乎直写人物的感觉和飘动的思绪。

废名的小说语言还带点现代派文学常有的通感味道，如《菱荡》中："水里唧唧响——水仿佛是这一个一个的声音填的！"《桃园》中："阿毛睁大的眼睛叫月亮装满了。"《河上柳》中："老爹的心里又渐渐滋长起杨柳来了。"等。

但废名的现代主义或许并不完全自觉。正像汪曾祺所说，废名"运用了意识流。他的意识流是从生活里发现的"。"废名和《尤里西斯》的距离诚然较大，和吴尔芙则较为接近。"①

　　京派作家中比较自觉地尝试现代主义技巧的，也许是林徽因。她受弗洛伊德影响而创作的心理分析小说《窘》，令人不禁联想到施蛰存那些同类小说——它们之间的相似处与不同点都很值得对照研究。而她的名篇《九十九度中》，则可以说就是20世纪30年代北平的"都市风景线"。小说写了99°F酷暑下古都街头同时发生着的五个故事：张宅老太太做七十大寿，酒楼专派挑夫送去丰盛的宴席菜肴，大儿子特意从上海赶来主持这个庆寿盛典，一时亲朋满座，热闹非凡；喜燕堂里正在举行婚礼，新娘阿淑却为这场不幸的婚姻几乎要寻死，她期待表兄逸九前来搭救，然而，"现在一鞠躬、一鞠躬的和幸福作别"；无所事事的卢二爷坐着自家的人力车到东安市场请两个朋友吃饭，其中之一就是逸九，他心中也在思念着表妹阿淑，却不知她正在被逼出嫁；卢家人力车夫杨三，因追索14吊钱而与赖账的另一名车夫殴打，以致双双锒铛入狱；为张宅送菜的一名挑夫在街头喝了不洁的酸梅汤，回家不久就呕吐不止，暴病身亡，妻儿号啕大哭，求告无门。五组故事被作者完全打散后再糅合，借不同人物的内心活动或自由联想，不断变换着作

　　　① 《废名小说选集·代序》，载《中国文化》1996年6月第13期。

　　　　　　　　　　　　　　　　　　新文学小讲

品的视角，构成错综交叉的叙事网络，辅以电影蒙太奇的手法相互衔接——这种新颖的不断由一个故事转到另一个故事的回旋式结构，也不免使人联想起穆时英的《上海的狐步舞》和《夜总会里的五个人》。一个短篇小说而能同时表现如此宽广丰富的都市生活内容，令读者不能不佩服女作家林徽因的艺术才能和宏大魄力。也许正是由于作品的成功和技巧的圆熟，李健吾评论这篇小说时，就赞不绝口地称它为"最富有现代性"。[1]汪曾祺也称林徽因是"中国第一个有意识地运用意识流方法，作品很像弗·吴尔芙的女作家"（《晚翠文谈·我是一个中国人》）。事实上，李健吾本人写的长篇小说《心病》，作者承认是取法于弗·吴尔芙的。

更应该受到重视的，是京派盟主沈从文的艺术趋向。他的大量小说创作自然是传统形态者居多。但是，随着沈从文接受精神分析和生命哲学影响的增长，他的小说同样出现了现代主义成分。他本人曾说过"我愿意在章法外接受失败，不想在章法内得到成功"[2]，也说过以乔伊斯为取法对象的话。[3]显然，

---

① 李健吾：《〈九十九度中〉——林徽因女士》。
② 沈从文：《石子船·后记》。
③ 凌宇：《从边城走向世界》，北京，生活·读书·新知三联书店1985年版，第19页。

在20世纪40年代，沈从文自觉地进行着现代主义的实验，其明显标志就是《看虹录》的出现。

《看虹录》是一篇象征、抒情色彩都很重的心理分析小说。关于这篇小说，作者自己曾说过："我将我受压抑的梦写在纸上。"①作品通过男主人公一天之内的生活横截面，表现对生命活力、爱情、女性美的追求，体现出对美的近于宗教的崇拜。从20年代末30年代初开始，沈从文便以生命的表现、礼赞为自己的职志。到《看虹录》，作者更在小序中提出："神在我们生命里。"给予爱情、生命以直接的歌颂。所谓虹，正是美好事物和活泼生命的象征。正像小说正文所说："因为美，令人崇拜，见之低头。发现美、接近美不仅仅使人愉快，并且使人严肃，因为俨然与神对面！"作品虽然有着相当重的象征主义色彩，但主旨却是清楚的：借男女微妙心理的表现，礼赞了生命和爱情。男主人公在夜的"空阔而静寂"中，感情发着酵。他和女主人公的对话，都是话里有话，言在此而意在彼，包含着表层的和内在的多种微妙的意义。客人口里说着"怎么捉那只鹿"的故事，实际却在用行动捕获一份美好的爱情，或者说，"是用生命中最纤细的神经捉住了一个美的

---

① 《水云》，《沈从文文集》，第10卷，广州，花城出版社1984年版，第280页。

印象"。

有些研究现代主义的学者曾以浪子踯躅街头和女性体态窥视为现代派文学通常的两类内容（例如：张英进在美国《现代中国文学》杂志上的文章）。我不能判断这种概括是否准确。如果这种概括也有一定的道理的话，那么，中国新感觉派作品中《夜总会里的五个人》《黑牡丹》等也许可算前一类，《白金的女体塑像》《Craven "A"》则大概属于后一类。京派作家沈从文的《看虹录》，正是介乎海派作家穆时英《白金的女体塑像》和《Craven "A"》之间的一篇作品，它对女体的某些象征性描述，实际上是和后者异曲同工的，虽然作品本身显得更美，更为含蓄和抒情。

到此为止，我们还只讨论了京派在现代主义实验方面那些虽有贡献却还不算最重要的作家。

京派真正与现代主义关系最密切，成就也最显著的作家，是后起之秀汪曾祺。他对现代主义可以说进行了多方面的实验。由于他年轻，登上文坛时已有较多西方现代主义作品翻译过来足资借鉴（汪曾祺本人告诉我，1944年他就读过弗吉尼亚·吴尔芙的《浪》《到灯塔去》等小说），加上西南联大的环境，沈从文、卞之琳等师辈的指导切磋，尤其他自身的天分与努力，可以说兼得天时、地利、人和，因此，他成为京派作家现代主义实践的最为出色的代表。

汪曾祺的现代主义小说，我们现在知道的有《复仇》《小学校的钟声》《绿猫》《囚犯》《礼拜天早晨》《疯子》等。他自己回忆说，20世纪40年代初他在西南联大读书时，曾经迷恋过现代主义作品，"喜欢追求新奇、抽象、晦涩的意境"，起先是吴尔芙、阿佐林，后来"有一个时期很喜欢A. 纪德的作品，成天挟一本纪德的书坐茶馆。那时萨特的书已经介绍进来了，我也读了一两本关于存在主义的书，虽然似懂不懂，但是思想是受了影响的"[①]。在这种情况下，他做过种种现代主义的实验。正如穆时英曾经在30年代初同时写过传统和现代两种迥然不同的作品一样，汪曾祺在40年代也有过两支笔，同时写作乡土派的传统小说和现代派的新型小说。

汪曾祺的现代派小说一个显著特点，是字里行间蕴蓄着丰富的意象和色彩，流动着诗的质素和意趣，显露着作者过人的才华。《复仇》写那位到处流浪、寻找仇人的主人公出场时，用了这样的笔墨：

太阳晒着港口，把盐味敷到坞边的杨树的叶片上。

---

① 汪曾祺：《晚饭花集自序》，《晚翠文谈》，第22页。

新文学小讲

海是绿的，腥的。

一只不知名的大果子，有头颅那样大，正在腐烂。

贝壳在沙粒里逐渐变成石灰。

……

来了一船瓜，一船颜色和欲望。

一船是石头，比赛着棱角。也许——

一船鸟，一船百合花。

深巷卖杏花。骆驼。

骆驼的铃声在柳烟中摇荡。鸭子叫，一只通红的蜻蜓。

惨绿色的雨前磷火。

一城灯！

嗨，客人！

客人，这仅仅是一夜。

你的饿，你的渴，饿后的饱餐，渴中得饮，一天的疲倦和疲倦的消除……你一定把它们忘却了。你不觉得失望，也没有希望。你经过了哪里，将去到哪里？你，一个小小的人，向前倾侧着身体，在黄青赭赤之间的一条微微的白道上走着。你是否为自己所感动？

又如《小学校的钟声》里的几段文字：

瓶花收拾起台布上细碎的影子。磁瓶没有反光,温润而寂静,如一个人的品德。磁瓶此刻比它抱着的水要略微凉些。窗帘因为暮色浑染,沉沉静垂。我可以开灯。开开灯,灯光下的花另是一个颜色。开灯后,灯光下的香气会不会变样子?……

天黑了,我的头发是黑的。黑的头发倾泻在枕头上。我的手在我的胸上,我的呼吸振动我的手。我念了念我的名字,好像呼唤一个亲昵朋友。

小学校里的欢声和校园里的花都溶解在静沉沉的夜气里。那种声音实在可见可触,可以供诸瓶几,一簇,又一束。

作者仿佛用富有魔力的眼睛和心灵,感受着生活中的一切,目光所触之处,点石成金,转化成了诗句。有人称之为"几乎是意象派诗人的笔调",似乎不无道理。

汪曾祺小说的另一个特点,是意识流运用的圆熟和自然。他笔下的意识或潜意识的流动,读起来既不艰涩,也没有人为做作之感,而且能通篇坚持统一的内心视角,贯彻到底。例如《礼拜天早晨》,从"洗澡实在是很舒服的事"开头,意识便跑开了野马,扯到"有什么享受比它(洗澡——引者)更完满,更丰盛,更精微的?——没有。酒,水果,运动,谈

新文学小讲

话，打猎，——打猎不知道怎么样，我没有打过猎……没有比'浴'这个字更美的了。多好啊，这么懒洋洋的躺着，把身体交给了水，又厚又温柔，一朵星云浮在火气里"。——简直忘乎所以。忽然惊觉地自问："我什么时候来的？我已经躺了多少时候？""记住送衣服去洗！再不洗不行了，这是最后一件衬衫。今天邮局关得早，我得去寄信。"因为是礼拜天，又想到了"教堂的钟声"，想到了抽烟，想到了"把一个人的烟卷浇上水是最残忍的事"。当困倦逐渐袭来时，"我的身体已经离得我很遥远了"，脑子像"害过脑膜炎抽空了脊髓的痴人的，又固执又空洞"。接下去，从"垂着头，像马拉"，竟下意识地想到"马拉的脸像青蛙"。让人感到无比真实和亲切。与汪曾祺笔下的意识流相比，郭沫若、林如稷、废名、穆时英的意识流小说，都显得或生硬幼稚，或拘谨局促，欠完整，欠充分，真所谓小巫之见大巫。可以说，到了汪曾祺手里，中国才真正有了成熟的意识流小说。甚至与20世纪80年代中国作家许多意识流小说相比，汪氏作品也显得更为圆熟些。

汪曾祺小说的再一个特点，是能进入现代派文艺的内核，写出现代人那种孤独感。从这个意义上说，汪曾祺的现代主义小说可谓形神兼备：不仅形似，也有了神似。《绿猫》这篇小说的主旨，就体现在核心意象——无中生有的绿猫身上，它实际是现代人孤独感的象征。作品在大故事中套了这样一个小故事，特意用来点题：

柏的《绿猫》，要写的，是一个孩子，小时极爱画画，可是大家都反对他。反对他画画，也反对他画的画。有一回，他画了一个得意杰作，是一头猫。他满腔热望，高高兴兴的拿给父亲看，父亲看也不看。拿给母亲看，母亲说："作算术去！"拿给图画老师看，图画老师不知道生了什么气，打了他十个手心，大骂他一顿："哪有这样的猫？哪有这样的猫！"他画的是个绿猫。画了轮廓，他要为猫着色，打开颜色盒子，一得意，他调了一种绿色，把他的猫涂成了绿的。长大了，他作公务员，不得意。也没有什么朋友，大家说他乖僻。他还想画画，可是画不成，乱七八糟的涂得他自己伤心。他想想毛某（今译毛姆——引者）的《月亮和六便士》更伤心。到后来他就老了。人家送他一个猫。猫，人家不要养了，硬说他喜欢猫，非送给他不可，没有办法，他就收养了。他整天就是抱着他的猫。有一天，他忽然把他的猫染成了绿的。看到别人看到绿猫的惊奇样子，他笑了。没有两天，他就死了。

　　　　　　　　　　　　　　　新文学小讲

这是一颗多么孤独的灵魂，一颗完全不被理解的灵魂。如果说废名、沈从文作品已表现出相当浓重的孤独、忧伤（《桃园》中的阿毛永远由孤单而清凉的月光相伴，《边城》中的翠翠也许永远等待下去），然而还颇带传统意味的话，那么，汪曾祺笔下的孤独感却是真正现代的。因而这种孤独和不被理解就很令人颤栗。《礼拜天的早晨》中的主人公，通过对时间的体验，还提出了人本身存在的意义与价值的怀疑——虽然这怀疑又是不肯定的。

汪曾祺从他前辈那里有着多方面的吸取借鉴：从废名那里吸取语言的跳跃和诗意，从沈从文那里借鉴作品的象征暗示和情趣，从纪德和意象派诗人那里参用意象的组合，从弗·吴尔芙、普鲁斯特也许还有阿佐林、劳伦斯那里学习意识流……从某种意义上说，汪曾祺是京派作家现代主义实验的集大成者。

人们也许会奇怪：京派这个曾经与海派发生过对立和争论的文学流派，怎么也会实验起现代主义来？

一个答案是：在20世纪，特别在它的前半期，西方现代主义文学曾经以其对资本主义的叛逆性和艺术上的先锋性而产生过广泛的影响。京派中的许多作家，如废名、林徽因、萧乾、卞之琳、李健吾、凌叔华，都曾就读于大学外文系，直接研习过欧美文学；他们对西方现代派的熟悉和了解，并不亚于海派作家刘呐鸥、施蛰存、穆时英、叶灵凤。以废名为例，20世纪20年代他就译过波德莱尔的散文诗《窗》，也读过乔治·艾略特《弗洛斯河上的磨坊》一类心理分析小说，对象征暗示、意识流等手法都是熟知的。即使在40年代的战争环境中，中国一批作家、翻译家也还将吴尔芙、纪德、萨特、普鲁斯特、阿索林等西方现代派作品翻译介绍过来①。这就使一部分京派作家有可能自觉不自觉地接受西方现代主义文学的影响。

更重要的答案是：京派作家虽然处在工业落后的半殖民地中国，却也和西方现代派作家一样，面对现代城市文明带来的种种困扰，他们在处境上很有些相同或相似之处。资本主义本身的混乱和弊病，拜金主义对正常人性的扭曲以及道德的堕落，现代物质文明造成的人的异化以及强烈的孤独感，尤其是两次世界大战带给人类的巨大灾难和痛苦，所有这些，都使作家们重新思考人的存在状态和生命的存在形式。用沈从文的话来说，便是现代文明使乡民"失去了原有的朴素、勤俭、和平、正直的型范……变成了如何贫困与懒惰"②。于是，京派作家也尝试用相似于西方现代派的方法来表现人在精神上的苦恼和困扰。而京派作家本身所具有的来自乡村与下层的文化

---

① 在这方面，卞之琳、萧乾、盛澄华、冯亦代等有很大功绩。

② 《边城·题记》

　　　　　　　　　　　　　　　　新文学小讲

自卑感，这时便可能更容易转化为乡村在精神上的某种优越感，有助于他们在作品中去创造不同于西方现代派作品的优美心境。

种种事实表明：京派并不像有些人理解的那样从根本上和海派相对立。它只是反对海派作家的某种商业化倾向，而在文学现代化乃至使文学具有民族特点方面则是和海派互补，并且殊途同归的。

1997年2月9日写毕于北大中关园

《微神》：老舍的心象小说 [①]

　　《微神》是老舍小说中非常特别的作品。很多人最初读的时候，都会产生惊异："咦！老舍还写过这样的小说呀？"这一印象不是随便得出的。因为，老舍平常不专写爱情题材的小说，用他自己的话来说，他"在题材上不敢摸这个禁果"，"差不多老是把恋爱作为副笔" [②]。而《微神》却是地地道道的爱情故事，与老舍许多作品不同，这是一。二是《微神》的写法特别。老舍绝大多数作品是写实主义的，像《猫城记》那种象征讽喻性的作品只属于个别事例。而这篇《微神》，却做了许多新的探索，比《猫城记》还走得远些，它是带有较多现

---

　　① 原载《中国文化研究》1995年冬之卷。
　　② 《老牛破车·我怎样写〈二马〉》。

新文学小讲

代主义色彩，有些笔墨甚至相当费解①的作品。这两点加在一起，就给人新鲜的感觉、异常的感觉。

《微神》同时又是老舍很喜爱的作品。他曾自编过一本短篇小说选集，就以这篇小说命名。作者在序言中明确表白："名之曰《微神集》者……是因为它是我心爱的一篇。"② 曹禺1986年11月8日在民族文化宫的座谈会上，也对日本教授伊藤敬一说过这样一番话："我忆起当年与老舍先生一同访问时，偶而问老舍先生说：'你写的很多作品里写得最好的是哪一个？'老舍先生说：'是《微神》。'我记得他确是这么说过。"③ 作者自己为什么那么喜爱？据老舍挚友罗常培抗战时期写的《我和老舍》一文透露，《微神》取材于老舍自己初恋的经历，熔铸着作者青少年时期"情感动荡"的诸多体验。罗常培在文中回忆道：

假若我再泄露一个秘密，那么，我还可以告诉你，他后来所写的《微神》，就是他自己初恋的影儿。……有一

---

① 如小说中"它和'山高月小，水落石出'，是我心中的一对画屏"，至今笔者尚未通解。

② 《〈微神集〉序》。《微神集》，晨光出版公司1947年4月出版。

③ 伊藤敬一：《〈老舍文学私论〉和〈"微神"与老舍文学〉两篇论文的后记》，东京大学《外国语科纪要》第34卷第5号。

晚我从骡马市赶回北城。路过教育会想进去看看他，顺便也叫车夫歇歇腿，恰巧他有写给我的一封信还没有发，信里有一首咏梅花诗，字里行间表现着内心的苦闷。（恕我日记沦陷北平，原诗已经背不出来了！）从这首诗谈起，他告诉了我儿时所眷恋的对象和当时情感动荡的状况。我还一度自告奋勇地去伐柯，到了那儿因为那位小姐的父亲当了和尚，累得女儿也做了带发修行的优波夷！以致这段姻缘未能缔结……①

一般说，初恋往往包含着十分值得珍惜的纯真感情，这种感情如果经历一段时间的反复孕育而发酵，就有可能写成很真挚感人的作品。老舍的《微神》正是经过感情长期发酵和意象反复孕育的产物。作者在1936年写的《我怎样写短篇小说》一文中，就把《微神》归入精心创作、精心修改的一类，说是："经过三次的修正；既不想闹着玩，当然就得好好干了。"这种浸透着作者感情体验，又凝结着作者艺术心血的文字，老舍当然会对它怀有特殊感情了。

那么，《微神》是什么样的作品呢？

---

① 罗常培：《我与老舍》，1944年4月19日昆明《扫荡》副刊。

　　　　　　　　　　　　　　　　　　　新文学小讲

我认为《微神》是一篇充满纯情和诗意的心象小说。借用小说中一句话,它是作者"自然而然地从心中滴下的诗的珠子"。

《微神》发表在1933年11月《文学》第一卷第四期上,收入1934年9月良友图书公司出版的老舍第一本短篇小说集《赶集》。按照作者《我怎样写短篇小说》一文所说的情形来推算,这篇小说的写作时间约在1933年的春末夏初。那时老舍正在青岛齐鲁大学教书。他在这个时期编写的《文学概论讲义》最后一讲《小说》中,曾经说过这样一段话:

> 小说的形式是自由的……它可以叙述一件极小的事,也可以陈说许多重要的事;它可描写多少人的遭遇,也可以只说一个心象的境界,它能采取一切形式,因而它打破了一切形式。[①]

所谓"只说一个心象的境界",可以说就是老舍的"夫子自道"。这是理解《微神》的钥匙。

《微神》在《文学》上发表时,题目是一个英文词——Vi-

---

① 老舍:《文学概论讲义》第十五讲,《老舍文集》第15卷,人民文学出版社1990年版,第155页。

sion。收入《赶集》时才改成现在的题目，实际上只是原词的音译（如有含义，释为"微微出神"，可较近于作者原意）。Vision的意思是幻景、幻象、心象或幻想。这个题目就点出了小说本身的特点，说明作品是在表现一种心象或幻景的。不但梦境属于心象的延伸，即使"梦的前方"也是一种象征化的心象，整篇作品都是通过现实和梦幻交错，来展现一个内心的甚至是下意识的境界。作者竭力捕捉由一次悲惨的初恋所留下的不可名状的情绪，并且把它富有诗意地表现出来。

小说开篇，通过"我"一无所思地靠在坡上晒太阳，用散文诗一般的语言，写了春天四野的景色："燕儿们给白云钉上小黑丁字玩"；柳枝轻摆，"像逗弄着四外的绿意"；"柳枝上每一黄绿的小叶都是听着春声的小耳勺儿"；雁群的北飞使"我"相信，"山后的蓝天也是暖和的"。似乎一切都安宁、明朗而富有生机，令人微微沉醉。然而，一片明媚春光中，又不断透露出一丝丝悲凉的意味，使读者渐次产生不祥的预感。请看：时令是清明节——祭祀扫墓的日子；蝴蝶、蜜蜂，都是些生命十分短促的小昆虫；常被用来形容少女的海棠花，也是那么容易凋谢；"石凹藏着些怪害羞的三月兰"，又是那么娇弱；"没长犄角就留下须"的小白山羊，连叫声也"有些悲意"，它"向一块大石发了一会儿愣，又颠颠着俏式的小尾巴跑了。"幽默中混合着哀怜。连白云、小燕、雁们这些流云和候鸟的意象，也都使人联想起某种沉重的思念。我们渐渐感到，这些景物描写中，似乎都包含着一番深层的象征意味，作者将要告诉读者的，会是一则悲惨的故事。浓浓的诗意，寄托着淡淡的哀愁。气氛的烘托，到下面这段文字，便趋于初步完成：

> 春晴的远处鸡声有些悲惨，使我不晓得眼前一切是真还是虚，它是梦与真实中间的一道用声音作的金线；我顿时似乎看见了个血红的鸡冠：在心中，村舍中，或是哪儿，有只——希望是雪白的——公鸡。

这完全是幻象的象征性表现，它在小说中具有结构学上的意义，是一种转折和点题。从此，小说即将由实转虚，由实景描写转向心象表现（包括下文"梦的前方"和梦境）。远处"有些悲惨"的鸡叫声，当真就成了"梦与真实中间的一道用声音作的金线"。而在"我"心目中"希望是雪白的"那只公鸡和它的"血红的鸡冠"，隐隐便是纯洁爱情及其悲惨结果的象征。

小说第二部分"梦的前方"，写"我"由长期思念而生出的心中幻象，更富有象征意味。其中占核心地位的是那个"不甚规则的三角"图形。这是"我"在蒙蒙眬眬，"闭上了眼"、"离梦境不远"时出现的。"说也奇怪，每逢到似睡非睡的时候，我才看见那块地方"——表明这个三角图像已深深揳入"我"的潜意识中。然而，正是小说的这个核心部分，恰恰最为费解。

"不甚规则的三角"，到底喻示或象征着什么？

答案存在于作品的暗示之中。在提到"梦的前方"之前，其实小说已有交代："不大一会儿，我便闭上了眼，看着心内的晴空与笑意。"也就是说，"我"在蒙眬中看到的，是自己那颗心，以及心中呈现的那些幻景。

我们不妨看看小说怎样描写这块"不甚规则的三角"图形：

> 这块地方并没有多大，没有山，没有海。像一个花园，可又没有清楚的界限。差不多是个不甚规则的三角，三个尖端浸在流动的黑暗里。……没有阳光，一片红黄的后面便全是黑暗。……

这番描写表明，所谓"不甚规则的三角"，极像人体内的心脏。而在后文，作者又让女主人公的魂对梦中的"我"说：

我住在这里，这里便是你的心。这里没有阳光，没有声响，只有一些颜色。

这就再一次明确无误地暗示，三角形正是"我"内心境界的具象化。

随着三角形的象征内涵得到澄清，我们便可进一步考察它三个角上的具体图像（实即"我"内心世界中三个片段的幻景）所包含的意义。

"我永远先看见"的一角，当为三角形居中的最接近"我"视线的一角，那里"是一片金黄与大红的花，密密层层"，在季节上似乎正当盛夏。奇异的是："黑的背景使红黄更加深厚，就好像大黑瓶上画着红牡丹，深厚得至于使美中有一点点恐怖。"

其余两个角的景象："左边是一个斜长的土坡，满盖着灰紫的野花，在不漂亮中有些深厚的力量，或者月光能使那灰的部分多一些银色，显出点诗的灵空；但是我不记得在哪儿有个小月亮。无论怎样，我也不厌恶它。"这土坡上长满"似乎被霜弄暗了的""灰紫的野花"，令人联想到秋天。"右边的一角是最漂亮的，一处小草房，门前有一架细蔓的月季，满开了单纯的花，全是浅粉的。"浅粉色月季花的出现，当然喻示着春天。

　　接着，小说有这样一段重要的提示：

　　　　设若我的眼由左向右转，灰紫、红黄、浅粉，像是由
　　秋看到初春，时候倒流；生命不但不是由盛而衰，反倒是
　　以玫瑰作香色双艳的结束。

这就点出，"时候倒流"的三个角上的花与图像，实际象征着
女主人公生命"由盛而衰"的三个段落，它们的时间顺序应该
是：浅粉→红黄→灰紫。也就是说，小草房前的浅粉色月季
代表"最漂亮的"少女时期；居中一角密密层层的金黄与大
红的花，代表女主人公走向沦落或堕落因而"美中有一点点
恐怖"的盛年时期；而凄清的月光下"斜长的土坡""满盖
着灰紫的野花"，则喻示着不久之后女主人公悲惨死去的结
局。所谓"斜长的土坡"，实即坟墓，它是一般人不愿意见
到的，"我"却由于对女主人公的感情，"无论怎样也不厌
恶它"。至于三角中间"一片绿草，深绿、软厚、微湿"，
那是生命的象征，是通向三个尖角（生命的三个段落）的出
发点。整个三角形喻示着：在"我"心中，女主人公的种种
音容笑貌难以忘却，有关她一生几个段落的景象常常浮现出

来，或者反复入梦。足见一场悲惨的初恋给"我"留下的印象之深。

这样，我们终于弄清了神秘的"梦的前方"——"一个鬼艳的小世界"所包含的象征意义。

《微神》采用现实与梦幻交错叙写的方法。在铺叙了第一个回合的实景与梦幻之后，小说借梦境中"我的心跳起来了!……因为我认识那只绣着白花的小绿拖鞋"一句话作为引子，又把读者带回到初恋的现实追忆之中。"那一会儿的一切都是美的。""我们都才十七岁。我们都没说什么，可是四只眼彼此告诉我们是欣喜到万分。我最爱看她家壁上那张工笔百鸟朝凤；这次，我的眼匀不出工夫来。我看着那双小绿拖鞋；她往后收了收脚，连耳根儿都有点红了；可是仍然笑着。我想问她的功课，没问；想问新生的小猫有全白的没有，没问；心中的问题多了，只是口被一种什么力量给封起来，我知道她也是如此，因为看见她的白润的脖儿直微微地动，似乎要将些不相干的言语咽下去，而真值得一说的又不好意思地说。""站得离我很近，几乎能彼此听得见脸上热力的激射，像雨后的禾谷那样带着声儿生长。"这些追忆和描述，把"五四"以前受旧礼教严重束缚的少男少女们的初恋心理，表现得极其真切传神。时代的不成熟、父权的逼迫，以及主人公本身性格的弱点，种种因素加在一起，终于酿成了一出婚恋悲剧：在"我"远去海外数年之后，女主人公成了暗娼。即使"我"回国后"托友人向她说明，我愿意娶她"，为时也已太晚，得到的只是"她的几声狂笑"，不久更传来了她的死讯。据罗常培回忆，老舍初恋的女友只是随父出家，其结局并没有这样惨。想必是过去年代无数下层女子的悲剧命运感染过作者，形成他特有的文学良知，影响了小说的构思，使老舍做出目前这样的艺术概括。我们从眼下的《微神》故事中，无疑读到了更高的时代真实，以及作者通过小说寄寓的对广大妇女苦难命运的深厚同情。

第二回合的梦境描述中，颇有一些艺术上极见功力的文字。作者运用荒诞手法写梦境，诡异活泼，灵动飞扬，读来令人拍案叫绝。如：

我正呆看着那小绿拖鞋，我觉得背后的幔帐动了一动。一回头，帐子上绣的小蝴蝶在她的头上飞动呢。她还是十七八岁时的模样，还是那么轻巧，像仙女飞降下来还没十分立稳那样立着。我往后退了一步，似乎是怕一往前就能把她吓跑。这一退的工夫，她变了，变成了二十多岁的样子。她也往后退了，随退随着脸上加着皱纹。她狂笑起来。

我坐在那个小床上。刚坐下，我又起来了，扑过她去，极快；她在这极短的时间内，又变回十七岁时的样子。在一秒钟里我看见她半生的变化，她像是不受时间的拘束。

到梦收尾时"我很坚决，我握住她的脚，扯下她的袜，露出没有肉的一支白脚骨"，终于女方声称"从此你我无缘再见"。在这些描述中，神奇的想象力自由驰骋，却又紧紧遵循着感情和性格的逻辑，有时并且和传统的审美习惯相融合，使梦境描写获得了最佳的艺术效果。可惜的是，作者在这一回合的梦境描写中安排了过多的大段对白，让女主人公的魂魄托梦陈述小半生经历，不免显得累赘，也与此梦开场时的灵动洒脱多少有点不谐调，这或许算是本篇的一点美中不足吧。

《微神》的故事使人想起"二战"后的西方影片《魂断蓝桥》。然而《微神》在艺术表现上却用了较《魂》片远为平静的态度来叙述。小说家汪曾祺曾说："我以为小说是回忆，必须把热腾腾的生活熟悉得像童年往事一样，生活和作者的感情都经过反复沉淀，除净火气，特别是除尽感伤主义，这样才能形成小说。"[1]老舍的《微神》可以说就是这样的作品。精美

---

[1] 《晚翠文谈·桥边小说三篇后记》。

的结构、纯净的情思、奇妙的心象、诗样的语言，处处都证实它正是"生活和作者的感情都经过反复沉淀"的艺术结晶。

1990年10月初稿，1995年8月修改定稿

新文学小讲

子规声声鸣，竟是泣血音 [1]

——评《挚爱在人间》

读完竹林获"八五"期间全国优秀长篇小说奖的《挚爱在人间》（华夏出版社1998年第2版），我耳际仿佛总有子规鸟泣血啼叫、催人早归的声音在隐隐回响，久久不绝。

这是海峡两岸无数骨肉分离的悲怆故事中的一个。女主人公林男从襁褓时起，父亲就到了台湾，母亲也不知去向，她成为经常遭姑姑白眼的孤儿，连正常的衣食都成问题，渴望一尝的那种"桔子形软糖"更是梦幻中才能享有的奢侈品。虽然得到一位好心的奶奶（亦非亲的）呵护，童年时代心灵与肉体均已饱受创伤。生父寻觅到她时，她已是一位历尽磨难、年交不惑的作家了。命运对她更加不公的是，父女间四十载分离方庆

---

① 载《文艺报》1998年8月25日。

重逢，转眼竟又成永诀。小说并无重大情节，只叙述了女主人公与生父的三次相聚，缀以过去生活的若干回忆，却写得悲怆感人，令读者回肠荡气。

小说中的父女俩各有自己突出的个性。如果说"命运是位强大的暴君"，那么，林男和她的父亲就都是命运的不屈反抗者。不同的是，林男外表柔弱，从小却有志气，坚韧不拔，在追求人生理想、实现创作宿愿方面尤其显示出超凡的毅力。面对权势者的专横压制，"她想她不能被埋葬……哪怕肉体的生命化作灰烬，也要在这个世上留下灵魂的呼叫"。她终于"依靠自己的力量，走过了生命旅途中最黑暗的一段夜路"。她在市报记者面前坦诚剖白自己"心灵的怯懦"，强烈地撼人心魄，显示了她的有勇有识。她的生父周秀则刚强正直，勇于承担，是位历经万千磨难而没有倒下的铮铮铁汉。他热爱故土和亲人，待人真挚到近乎天真的地步。对子女虽有点家长式的严厉专断，常把40岁的女儿当作14岁的孩子管教，其中却又深藏着一份伟大的父爱以及对他人的宽容。周秀最后一次在寒冷的冬天飞临大陆，就是专为给女儿透风的房间装钉御寒的门帘和窗帘；他自知身患绝症，来日无多，竟然不顾一切地"买了四张飞机票"，带上水泥钉，辗转数千里来到女儿住地，亲手把一条条毛毯、棉毯改造成为帘子，尽一份自己的爱心。女儿穿针眼，老父动手缝，小说通过林男的眼睛和感受，为我们绘下了无比温馨感人的一幕：

> 这是怎样的快乐啊！柔和的灯光下，舔湿了洁白的线，润润地捻细了，送进幽微闪亮的针眼，穿过去，轻轻一扯——便牵扯出来，这一丝一缕，带着绵长的纤细的柔情，绵长的童年的记忆，还有绵长的小儿女的撒娇和稚情。

这是老父爱女儿之心的动人体现，也是人间至情织就的美好的诗。

构成《挚爱在人间》艺术特色的，乃是通过林男的遭遇和感受而抒发的大量如絮语般的心灵独白式的文字。这些心灵独白和剖析，凝聚着女主人公数十年受折磨的深切体验，是孤独的灵魂发出的反抗命运的呼叫，它既如电影中的蒙太奇，将现实场景和历史追忆连接，又为小说增添了许多诗的质素。林男在生活中，"不是用眼睛在看，而是用全副心灵，去探求去感受，去体味去追捕的"，因而容易发现特定情境中的诗意，转化为心灵的倾诉。如首章写女主人公在虹桥机场等待父亲的到来，由于时间过久，竟产生了焦虑："她觉得已经有一百年过去了。""当一个现实的、活生生的爸爸真的向她宣告他的存在的时候，她总觉得，这个存在还是飘飘的一阵风，远远的一团诱惑。如果她向他走近，他就消失掉了。"行车途中，林男面对父亲，回忆往日的屈辱艰辛，也时时发出这类独白，"树啊树，你让我在你怀里靠一会儿，只一会，一小会……我太累了，走不动了"。"爸，爸爸。雨为大地而降；我的泪为你，为了你快要流干——为了寻觅你，我付出的绝不仅仅是眼泪的代价。"这些独白和倾诉，发自主人公的内心深处，又是那样真挚而富于诗意，因此激起读者强烈的共鸣。

竹林曾说："在有些作家笔下，小说是淙淙的流水，而在有些作家笔下，小说是殷殷热血。血未必比水赏心悦目，却能凝聚起一个不死的精灵，游荡在时代的大潮之中。"《挚爱在人间》也许可以说是两种特色兼而有之的作品。如果说竹林过去的有些小说曾以内容厚重、笔墨绚烂和情节引人入胜而见长（如《女巫》《呜咽的澜沧江》），到了《挚爱在人间》，则洗尽铅华，返璞归真，将浓浓的真情蕴蓄于素淡有致的笔墨之中。小说的叙事是那样自然素朴，却又那样真挚蕴藉，仿佛有一种磁力在紧紧吸引读者。全书一气呵成，单纯而又丰盈，流畅而又深刻，锋芒锐利而又颇有节制，篇幅不长却又厚实感人。虽说主要在写个人遭际与亲情乡情，却也时时透露出大时代的某一侧面，读者可从中感受到20世纪40年代中国的混乱与动荡、屈辱与悲苦；随后长达数十年海峡两岸骨肉的痛苦分离；特定体制下个人遭践踏的可悲命运；改革开放年代带来的沧桑巨变，等等。不长的一部小说，读后却让人要用长长的时间去咀嚼思考。这些都显示作品在思想和艺术上到达了圆熟淳厚、几乎炉火纯青的境界。

不是吗？请读读小说结尾女主人公隔岸给逝世的父亲发出的电报吧：

爸爸，春草又绿了，彤管又红了，我等你来给祖母扫墓去。永远等你。

"永远等你"，这不是泣血子规的绵绵呼唤吗？！

"永远等你"，这不又是我们民族渴望重新团聚而共有的悠悠心声吗？！

一本很有分量的现代文学论集①

"五四"后的新文学在中国文学史上无疑占有辉煌的一章，但在实际生活中却常遭遇厄运。大陆十年"文革"期间，20世纪30年代文学就被当成罪恶的黑线，受到猛烈的攻击和批判。而在海峡彼岸的台湾，这部分文学遭到禁止达数十年之久。

也许就因为这个缘故，施淑教授的中国现代文学论文集《理想主义者的剪影》令我分外惊喜。我惊喜于它出自一位台湾同行的笔下，更惊喜于它内容的厚实和见地的独到。书中虽然只收了论胡风、端木蕻良、路翎等作家的五篇论文，却因每篇探讨得都很深入和扎实，而使全书具有沉甸甸的分量。这是一本在学术上呈现出鲜明特色并显示了深厚功力的书。

---

① 载台湾《新地文学》杂志第4期。

施淑女士研究作家作品时，似乎总愿意把自己的对象放到具体的历史条件和宽广的文化背景下考察。这种做法，无疑对作者本人在学识、功力上提出了更高的要求。《理想主义者的剪影》一文论青年胡风，就把主人公早年的文学思想和文学活动，放在"五四"以前到30年代中国社会、文化和文学思潮的广阔背景上来研究。作者以胡风在《理想主义者时代的回忆》和长诗《安魂曲》中提到的某些材料为线索，深入追踪下去，揭示出研究者通常不注意的内涵，这就增进了人们对胡风早年思想的了解。例如，胡风是否受过无政府主义的影响？书中通过路卜旬小说《灰色马》对胡风引起感应的考察与分析，做了令人信服的肯定的回答。作者指出："《灰色马》表现的是一个恐怖分子的内心生活……而胡风之被它吸引，主要该是那虚无暴烈的思想魅力所致，也就是他所说的'像漠漠的冰原似的又冷又硬'的感觉。""可以说胡风只不过是拜时代之赐的一匹'灰色马'而已，他之一方面感动于那带着人道的微温的无劫世界，一方面又被那掌握死亡权柄的灰色马吸引，在根本上并无抵触。从这表现在精神上的双重性质，我们找到了青年期的胡风的内心生活实况，而他之所以有这样的发展，与20世纪初无政府主义思想在中国的传布有密切关系……"（33—34页）这些中肯深刻的论述，无疑充实、丰富了胡风研究以至现代思想史的研究。论世方能知人。正是由于联系了具体的历史环境和丰富的文化背景，早年胡风的思想才勾画得如此准确和一目了然。这种知人论世的研究方法，可以说构成了本书的一个重要特色。

施淑女士这本论文集的另一个特色，是社会学批评和审美批评的紧密结合。封底上曾这样介绍本书："作者尝试以文学社会学方法，探讨'五四'新文学运动后，中国知识阶层的思想分化及20年代以后国际新兴文学思潮，对中国左翼作家的创作实践、思想取向及批评观念的影响。"大陆的年轻读者可能由此产生一种误解，以为这又是一种庸俗社会学。其实，文学社会学方法和庸俗社会学是根本不同的两回事。庸俗社会学是脱离文艺的审美特征、不顾作品艺术成就的高低而做出的一种浅薄、僵化的批评。真正的文学社会学方法却永远是需要的。在施淑女士这本书中，无论是对胡风、端木蕻良作品的研究也好，或是对路翎、卡夫卡的评论也好，社会学方法的运用，都是透过了审美批评的方法，而且以作品的实际艺术成就为依归的。如评论路翎的中篇《卸煤台下》时，作者说："这篇四万多字的小说，透过推煤工许小东悲愤痛苦的生涯，深刻有力地表现一个黑暗的劳工世界里的阶级感情，以及萌芽中的劳动阶级意识。……"这里的社会学批评，就是和审美批评完全结合

　　　　　　　　　　　　　　　新文学小讲

着的。《论端木蕻良的小说》一文，则通过作者富有才气的独到的审美把握，展开对端木蕻良作品的剖析。在指出端木小说具有"一种诗似的把捉力"，"在当时的小说创作中似乎无出其右"之后，作者摘引了长篇《大地的海》中几段生动描述农民心理和气质的文字，并且评述道：

他们（指农民——引者）就是这样的，因此若有一个人在伤心，在他的胸膛里一定可以听见"心的一寸一寸的碟裂声"，如在哭泣，滴落的泪水也会"透出一种颤动的金属声"。而年老的祖父，"可以坐在篝火前和死去整整十年了的祖母，叨叨咕咕的谈上一个夜晚"。再有比这些更亲密更了解的文字来形容大地及其子民么？再有比这些描述更能构造人类素朴的、然而也是雄奇的形象吗？恐怕是很少可能的了。

前面的分析加上农村在历史中形成的阶级病态，是端木蕻良对于"吾土吾民"的整个理解，也是《大地的海》这部小说创作意识的基础。……谁说农业大众的意识活动只应是"简单明了"的，而且只该用"简单明了"的文字去表现？看，光是这么一个单纯的老农，不也这么经得起"心理分析"吗？他的形象、他的内在真实不是因为这些高度艺术性的文字而更为真实深刻的被捕捉了吗?

从这些评述和分析,我们还能区分出哪些是社会学角度的,哪些是审美角度的吗?很难。事实上,作者出色地把握和运用了卢卡契所说的历史小说中"诗的苏醒力"的论点,将作品的社会学分析完全建筑在审美感受的基础上,历史的批评和审美的批评在这里已经水乳交融,合而为一。这就经由艺术的触角进一步保证了社会学分析的正确可靠。

《理想主义者的剪影》一书的又一个特色,是学风上的严谨、求实,不盲从、不武断。作者注重充分占有史料,立论尽可能从史料出发,独立地做出判断。《中国社会主义文艺理论的发展(1923—1932)》一文,就收集和参考了相当丰富的一批革命文艺理论材料,这在台湾和海外是很不容易做到的。史料占有之后,作者客观地、辩证地分析研究,勇敢地得出应该得出的结论,常有闪光的真知灼见。例如,什么叫"中国作风、中国气派",作者就不赞成表面看问题,她说:"端木蕻良小说的技巧和形式,就当时的标准说无疑是欧化的,但他在作品中大量运用的大众语汇,其传神及纯熟是叫人惊奇的","光看他贯注于作品中的深挚的吾土吾民的情感,他的小说仍是地道的、有力的'中国作风、中国气派'的表现。"

这就是一个极精辟的见解。在文学大众化讨论这个问题上，作者与众不同地肯定瞿秋白提出的"无产阶级普通话"的主张，誉为"创造性的构想"。对于20世纪30年代初发生的"文艺自由论战"，作者敢于实事求是地深入细致地分析。施女士先指出："以钱杏邨之批评文字与整个左翼文艺运动来看，胡秋原的批判是正中要害的。"接着又提出，胡秋原文章也不能自圆其说，正如瞿秋白所批评的："最重要的是他要文学脱离无产阶级而自由，脱离广大的群众而自由。"施淑认为：瞿秋白"这段话抓住了处处以马克思主义者自居的胡秋原的理论弱点"。但当瞿秋白由此继续向前跨步，进而扩大对胡的批判时，又不能使人信服，施女士说："证诸胡秋原的文章，（瞿）这些指责是勉强的，这只是回避了对胡秋原提出的问题的正面回答。"她自己的看法是：胡秋原、苏汶的理论"代表20年代前后思想较进步的可是立场犹疑的文艺工作者的心理，他们与坚决反对无产阶级文学的新月派不同，但又不能容忍左翼的跋扈"。根据这一观点，作者充分肯定冯雪峰《关于"第三种文学"的倾向与理论》一文"具有里程碑的意义"，并指出瞿秋白在编译马克思主义文艺理论上的巨大功绩。考虑到作者这些意见远在10多年前（甚至更早）就已提出，这不能不益发引起我们对施女士的尊敬。此外，书中还有一些考证，也应该说颇为严密而有价值。如谈到胡风早年在南京东南大学附中读书时，作者说："他结识几个在人格上和思想上给他很大影响的朋友，其中他特别提到的是叫W君和Y君的两个人，他说他们使他'更多地知道了更关切地触到了社会'。根据胡风在人民共和国成立后，为纪念革命中光荣牺牲的同志所写的长诗《安魂曲》，这两个人可能是宛希俨和杨天真。"（11页）此一推断就完全合乎情理。

作为一个同行，我也愿意乘此机会就两个具体问题提出不同意见，与作者商榷。

一是创造社1923年文艺思想上的变化应该怎么估计？我认为书中168页上的评价明显偏高。按照郭沫若自己的说法，他稍有系统地接触马克思主义是1924年翻译河上肇《社会组织与社会革命》之后，思想上的真正飞跃则要到"五卅"之后。施淑女士之所以偏高估计创造社那一年的变化，和相信成仿吾《从文学革命到革命文学》一文作于1923年有直接关系。其实，此文根本不可能写于1923年11月，而只能写于北伐之后的1927年11月，那是有文中"在青天白日里找寻以往的迷离的残梦"之类字句可以做证的。

二是对路翎作品，我以为指出"被虐狂的心理"等实属必要，但苛求则应避免。《财主底儿女们》中的蒋少祖确曾说过，"至少，我并不比毛泽东能给得更少"；又说："在吕不韦和王安石里面有着一切斯大林。"然而，这个蒋少祖毕竟是作者笔下要批判和否定的人物，他的思想绝不能等于路翎的思想。因此，说"路翎假口第二主角蒋少祖"如何如何，以此证明"路翎在追随世界无产阶级革命时自然是很痛苦的"（142页），这从道理上不能服人，也与事实不符。再者，教条主义与革命虽然有着某种联系，却决不是一回事。在长篇小说中较早写到了反对革命队伍内部教条主义的内容，可能是路翎的贡献之一。我们总不能把反对教条主义就看作是反对革命，得出路翎在进行"针对无产阶级革命"的"两面作战"的结论（145页）。此外，现代中国作家受弗洛伊德影响者不少，路翎至多可算是第三代，因此，说"路翎是现代中国作家中最早的弗洛伊德门徒之一"，似乎也有些言过其实。

当然，这两点都是细节性问题，并不影响《理想主义者的剪影》一书的总体价值。正因为这样，在结束这篇读后感的时候，请允许我为自己从这本论文集中得到的收获与启示，再次向我的台湾同行施淑教授表示敬意！

1990年8月18日于北京大学

唐弢先生对中国现代文学学科建设的贡献 ①

最近几年对中国现代文学学科来说特别不幸，我们相继失去了李何林、王瑶、唐弢三位前辈先生，支撑学科的三根台柱先后倒下，这给我们学科带来了极为沉重的、无法弥补的损失。他们三位都是中国现代文学学科的第一批博士生导师。他们各有所长，共同对这个学科的建立和拓展做出了巨大的贡献。李何林先生年岁最长，做的开拓最早，他的《近二十年文艺思潮论》在20世纪30年代末问世，最先梳理了"五四"文学革命以后文学思潮发展的脉络，新中国成立初年又有其他纲要性的著作。王瑶先生在50年代初写成的《中国新文学史稿》，是当时资料最丰富、体系最完备的现代文学史，为这门学科奠定了根基，以后又为学科的建设继续做出许多贡献。唐弢先生

---

① 载《中国现代文学研究丛刊》1992年第3期。

既是中国现代文学史的重要研究专家和鲁迅研究专家，又是一位优秀的作家，本身就是我们现代文学史的研究对象；在这点上，他和单纯是文学史家的前面两位先生有所不同，这给他的研究工作带来明显的特点，使他为现代文学学科所做的贡献也打上了独特的印记。

唐弢先生早在40年代就打算独自写一本中国新文学史。从《晦庵书话》等著作看来，他似乎已做了一部分间接的准备工作。我总觉得，唐先生也许是写中国现代文学史最理想的人选之一，因为他有丰厚的创作经验、良好的理论和审美修养，又熟悉文坛状况，历史感很强，而且藏书丰富，文字漂亮。他的现代文学史如果写出来，相信会是一部以新文学流派发展为主要脉络（他自己曾多次这样表示过）的好书。虽然唐弢先生并没有能写出这书，他只主编了三卷本《中国现代文学史》和一本《简编》，但我认为，唐弢先生对中国现代文学学科的健康发展，做出了相当重大的有时甚至是决定性的贡献。

有些同志可能都还记得1961年集体编写中国现代文学史教材的情况。最初群龙无首，进度非常缓慢。唐弢先生接受上下一致的要求担任主编以后，为现代文学史的编写规定了几条重要原则：一、必须采用第一手材料。作品要查最初发表的期刊，至少也应依据初版或者早期的印本，以防转辗因袭，以讹传讹。二、注意写出时代气氛。文学史写的是历史衍变的脉络，只有掌握时代的横的面貌，才能写出历史的纵的发展。报刊所载同一问题的其他文章，自应充分利用。三、尽量吸收学术界已有的研究成果；个人见解即使精辟，没有得到公众承认之前，暂时不写入书内。四、复述作品内容，力求简明扼要，既不违背原意，又忌冗长拖沓，这在文学史工作者是一种艺术的再创造。五、文学史尽可能采取"春秋笔法"，褒贬要从客观叙述中流露出来。这些意见，除了第三点可予商讨之外，大多起了很好的作用。当时"左"倾思想盛行，要整个扭转很难。唐先生自己后来谈到"以论带史"还是"论从史出"那场争论时，曾说："我是主张'论从史出'的，我现在仍然认为：用马克思主义作为指导思想是重要的……但对一个具体问题来说，还是要'论从史出'……当时讨论的胜利者却是'以论带史'派。"（《中国现代文学史的编写问题》）唐先生所以提起这件事，是因为他自己不大赞成现代文学史教材一上来就写《绪论》，但周扬特别是林默涵同志主张要写，于是只好那样做。不过，唐先生提出的上述几条原则，尤其是强调要采用第一手材料、强调要写出时代气氛、强调"春秋笔法"这几条，我认为不但对消除当时"左"的影响，而且对整个学科建设，都起了非常重要的作用。据我查考，研究现代文学必须采用第一手材料，这是唐弢先生在1961年首次提出的，在此以前大家比较忽视。且不说一些文学史著作中存在着把同一部作品因为有两个名字就当成两部作品这类现象；也不说一些教材编写者由于未查原始材料仅凭想当然而对陈独秀早年思想和胡适《沁园春·新俄万岁》这首词做出错误判断之类问题；只要考察一下20世纪50年代对郭沫若《女神》的研究状况，就能更清楚地认识到强调采用第一手材料是多么必要：到1959年纪念"五四"运动40周年时为止，几乎所有的文学史或者单篇文章（包括我自己的文章）谈到《女神》时，依据的都是后来的修改本而不是初版本，它们都在那里说郭沫若在"五四"当时就怎样歌颂无产阶级革命导师马克思、恩格斯和列宁，说郭沫若当时怎样接受共产主义影响，等等。直到60年代初编写现代文学史教材时找到《女神》的初版本，上述这种由于不接触第一手材料，只是转辗因袭所造成的毛病才真正纠正了过来。

唐弢先生因为喜欢搜罗各种版本，所以对第一手材料特别看重。50年代末60年代初，他给社科院文研所现代文学进修生开必读书目时，就开了不少文学期刊和综合性文化期刊。这份刊物目录我在60年代抄过来了。到1978年王瑶先生要我给北大研究生开必读书目，我就参考了唐先生指定的刊物目录并做了一些补充和调整，首次在作品和理论资料之外，开进了一批文学期刊（王瑶先生也很赞成）。所以，唐先生在编教材时规定的一些原则以及其他具体做法，虽然并没有正式发表，实际上通过编写人员和内部印出来的教材上册，对中国现代文学学科产生了重要的影响，不但纠正了过去一些文学史由于不够重视原始材料所发生的问题，而且在实际工作中防止和减少了许多"左"的简单化的不实事求是的毛病。一直到唐先生晚年，仍始终坚持这种从原始材料出发的严谨、求实的学风。记得1989年末，我去看望他，他对我说：《求是》杂志不久前给他送了一些材料，要他写一篇评论"重写文学史"的文章，他把那些材料看来看去，自己确实有一些不同意见，也对某些他认为不妥的观点做了一些批评，但总觉得文学史可以有多种多样的写法，不应当也不必要定于一尊，所以他赞成"重写文学史"，不同意给它扣上"资产阶级自由化"的帽子。编辑人员以为他没有看那些材料，要他再看看，他说其实他都看了的，正因为看了才那样写。我觉得，这些都体现出唐弢先生一贯的精神。

总之，从学科指导思想上说，唐先生对中国现代文学学科建设确实做出了重大的贡献。

当然，唐先生对中国现代文学学科的贡献是多方面的。众所周知，他对现代文学史一些重要方面，例如鲁迅，从生平、思想、佚文考辨到文学创作，而创作又从鲁迅的杂文、散文到小说乃至旧体诗，都做过深入浩繁的研究。他的这些成果极大地提高了鲁迅研究的水平，构成整个中国现代文学学科里一份异常宝贵的财富。唐弢先生还对"左联"和30年代文学，对"孤岛文学"和40年代的上海文学，对新文学接受的西方影响和继承的民族传统，对新文学的思潮流派，对新诗，对现代散文和杂文，以及对茅盾、曹禺、夏衍、冯雪峰、郑振铎、林语堂、钱钟书、师陀等作家的作品，也都做过相当深入的研究和相当精辟的论述。至于中国现代文学史上一部分十分棘手的疑难问题，可以说只有像唐弢先生这样学识渊博、掌故熟悉、功力如此深厚、藏书又如此丰富的研究家才能较好解决。譬如说，鲁迅对斯诺的那篇谈话究竟是否可靠？为什么会有那么多难以理解的问题？为什么谈到的作家有好多我们今天都不知道以至根本难于查考？这些疑难问题到了唐弢先生手中，大多迎刃而解，而且解决得那么圆满，不能不令人惊异叹服。又譬如说，对近十年来国内外某些学者中间一个热门话题——"五四"带来了中国文化和文学的断裂——究竟应该怎样看？它包含着多少科学性？可靠程度到底怎样？这是一个很大很复杂的问题。唐弢先生却举重若轻，在《西方影响与民族风格》一书的序中，用这样一段话做了回答：

有人说，"五四"是一个否定传统的"全盘西化"的运动，为首的是胡适。我以为这样说不对，第一句是误解，第二句也说得不够准确。"五四"的确否定了一些传统的文化和道德，但经过扬弃，它否定的只是应当否定的东西。并不如有些人所说，中国文化到这里便断裂了。恰恰相反，经过外来思想的冲击，吸收新的血液，中国文化倒是有了更为健康的发展。正是"五四"以后，我们才有鲁迅的《中国小说史略》和他的对于文学史的整理；正是"五四"以后，我们才有郭沫若的《中国古代社会研究》和他的对于甲骨文的考订；正是"五四"以后，我们才有胡适的《中国章回小说考证》和《中国哲学史大纲》；正是"五四"以后，我们才有钱玄同、刘半农的古代音韵和古代语言的研究。传统文化在这里得到发扬，"五四"文化是中国文化的一部分，是新的发展了的中国文化传统，难道这还不够清楚吗？

真是言简意赅，十分有力。具体到张爱玲这位作家究竟是谁最先发现的，是不是夏志清先生；彭家煌是否即彭芳草，两个名字是否像有些工具书说的乃一个人——这类问题12年以前我问过一些同行，都得不到答案，一问唐弢先生，他立即有根有据地回答了我，使我得到最满意的答复。这都证明，唐弢先生在现代文学资料的熟悉、功力的深厚上，是我们一般人难以企及的。

唐弢先生对中国现代文学学科，还有一个突出的贡献，就是审美评价的精当、公允。文学史研究水平的高低取决于很多条件，其中很重要的一个条件，就是研究者本身要有艺术眼力，审美把握一定要准确、中肯。如果艺术成就很高的作品我们却讲不出它的好处，那就是猪八戒吃人参果——白糟蹋东西。反过来，如果庸俗社会学的作品或艺术趣味很低的作品我们看不出来，也去胡乱吹捧，那同样是一种失责。唐弢先生本身就是作家，艺术感觉极好，深知创作的甘苦，他谈论作家作品，总是三言两语就能抓住作家的风格特色和作品的独特成就，把最有味道的地方传达出来。像《廿年旧梦话〈重逢〉》一文中对《上海屋檐下》所做的艺术分析，《我爱〈原野〉》一文中对《原野》所做的艺术分析，《四十年代中期的上海文学》一文中对《围城》女性心理刻画所做的分析，都是那样活泼、那样传神、那样生动、那样精到，有时简直令人拍案叫绝。唐先生有时还喜欢用诗的语言或哲理性的语言，把自己的艺术感悟讲出来，如用"大地一样沉默和厚实"来形容《故乡》里的闰土，用"已经失掉踱进房里去喝酒的资格，却仍然不肯脱下那件又脏又破的长衫"来概括孔乙己，等等。可能这些说法通过中学语文教学现在已经很普及了，但我们不要忘记，这些精彩的语言都是唐先生劳动的心血。我以为，在审美评价的精当方面，唐先生在我们现代文学研究工作者中简直可以说并世无二。

总之，唐弢先生对中国现代文学学科有杰出的建树和多方面的贡献。他是中国现代文学学科的奠基者之一。他的许多著作都值得我们深入学习和研究，重新阅读和思考。现在，这个工作一时还来不及好好去做。上面说的这些，只是个人的几点感想，或者也算是一个开始吧！

最后，请允许我再代表中国现代文学研究会说几句话。研究会成立12年来，一直得到唐弢先生的热情指导、关怀、帮助和支持。唐弢先生曾经亲自参加过海南等地的年会。研究会办的《中国现代文学研究丛刊》，从第一辑起就有唐先生的文章；后来《丛刊》如有所请，唐先生也几乎总是有求必应。《丛刊》出版10周年时，唐先生还曾写文章，肯定《丛刊》办得"沉稳持重"，有特色，这也曾给予大家很多鼓舞。现代文学研究会和《丛刊》编辑部始终感激唐弢先生长期以来给予的指点、鼓励和支持，愿意用努力办好学会和《丛刊》的实际行动，不辜负唐弢先生的期望，告慰唐先生在天之灵！

1992年3月1日写毕

新文学小讲

第三辑

朱自清和邓中夏 [①]

　　1924年4月15日，朱自清写了题为《赠友》的诗。诗中歌颂一位友人："你飞渡洞庭湖，你飞渡扬子江，你要建红色的天国在地上！地上是荆棘呀，地上是狐兔呀，地上是行尸呀；你将为一把快刀，披荆斩棘的快刀！你将为一声狮子吼，狐兔们披靡奔走！你将为春雷一震，让行尸们惊醒！……我想你是一阵飞沙走石的狂风，要吹倒那不能摇撼的黄金的王宫！"作者在这里尽情赞美的，是一位具有共产主义思想的大无畏的革命者。他是谁呢？我们遍查朱氏诗文，没有找到答案。但线索还是有的。这首诗发表在当年4月26日出版的第二十八期《中国青年》上。前此四个月，就在这个刊物第十期上，邓中夏《贡献于新诗人之前》一文中，曾引录了两首旧体诗：

---

　　①　载1963年8月11日《北京晚报·五色土副刊》。

莽莽洞庭湖，五日两飞渡。雪浪拍长空，阴森疑鬼怒。
问今为何世？豺虎满道路。禽獭歼除之，我行适我素。

莽莽洞庭湖，五日两飞渡。秋水含落辉，彩霞如赤柱。
问将为何世？共产均贫富。惨淡经营之，我行适我素。

据邓中夏同志自己说，这诗是他三年前过洞庭湖时所作。
诗里所表现的，确是一个共产主义者"要建红色的天国在地
上"的伟大理想以及为实现这一理想誓不顾身的坚定意志。这是
诗人的自我形象，跟朱自清诗中歌颂的那位友人多么相像啊！

从朱自清的《赠友》在宁波写成、寄出，到该期《中国青
年》在上海出版，其间只占10天，这也足以证明它原是《中国
青年》的专稿，证明诗的作者跟刊物编者原有熟识的关系。而
当时《中国青年》的编者，正是邓中夏。我想，由此推断他们
两人有着友谊，并非无稽。

朱自清与邓中夏，都是"五四"时期的北京大学学生，而
且他们两人都是1920年毕业的。虽然朱在哲学系，邓在国文
系，但那时学生人数不多，两人熟识，亦在情理之中。

还值得注意的是，《赠友》以后收入《踪迹》集时，作者
改题为《赠A.S》。知名的朱氏友人中，并没有符合A.S这音
的，这也只有邓中夏才相合，邓中夏原名邓康，字仲澥，1923

年在上海大学工作时起，改名邓安石，A.S正是"安石"英文拼音的头两个字母。

朱自清晚年坚定地站在人民立场上，靠拢党的领导，同美国和蒋介石反动派进行坚决斗争。毛泽东曾说我们要写闻一多颂、朱自清颂，他们的确是我国老一代知识分子的优秀代表。但朱自清晚年的这种发展，并不是突如其来的。从他早年对待革命、对待共产党人的态度上，可以看出其进步思想因素的一贯脉路。他和邓中夏同志的这点友谊，只是一个例证而已。

我所认识的梁锡华①

——长篇小说《香港大学生》序

我"初识"梁锡华，是通过徐志摩的书信。那是80年代初，当劫后复苏的中国文坛重新接纳这位才华横溢却英年早逝的著名诗人的时候，我在一个偶然的机会读到了多封前所未闻的徐志摩写给海外友人的信。我一向自以为掌握徐志摩的材料相当齐全，面对这些书信，意外惊喜之余，也深感自己的孤陋寡闻。这些信的原件全用英文写成，而费心把它们搜集起来并译成中文的，正是梁锡华。

1985年初，我作为北京大学代表团成员访问香港中文大学，结识了中大中文系的多位同行，却与梁佳萝、余光中先生缘悭一面（他们去新加坡参加一个学术会议）。我虽然不至于

---

① 载《人民日报·大地月刊》1994年第10期。

新文学小讲

像有的人那样把梁佳萝当作女士，但说老实话，那时并不知道梁佳萝即梁锡华。因此，不能见面固然是憾事，却也免去了我极可能闹笑话的尴尬。

我真正与锡华兄见面，是在1992年初夏。那次一个台港作家代表团抵京访问，其时已在香港岭南学院担任教务长的梁锡华，亦是代表团成员之一。访问结束，他还到北大做了一次讲演。交谈之间，感觉到他既有谦谦君子的学者风度，又兼具诗人的热情、敏锐和真诚。因此，颇为投契。

次年盛夏我应邀去岭南学院做学术访问，主要研究香港当代小说，有机会较多地接触梁锡华的作品。他的第一部长篇小说《独立苍茫》发表于1983年。从那以后，更有《头上一片云》《太平门内外》《大学男生逸记》《研究生溢记》和刚刚出版的《李商隐哀传》等五部长篇陆续问世。在兼做着教学和行政工作的情况下，其"投入产出率"之高，无论在香港或大陆均属少见。我几乎是手不释卷地读完了上述六部小说中的五部，深为他那才情横溢的文笔所吸引。

梁锡华擅长以散文随笔的方式写小说。一支笔涉猎广泛，舒卷自如，机智而诙谐，犀利而洒脱。恰似公孙娘子舞剑："来如雷霆收震怒，罢如江海凝清光。"一些平淡的日常琐事，经过他活泼多样的笔墨，仿佛点石成金，立即变得富有情趣。情节的设置，在他主要是为了便于发挥人生体验上的某种优势。他的小说，同时可以当作优秀的散文小品来读。在《香港大学生》（上篇即《大学男生逸记》，下篇乃《研究生溢记》）这部以第一人称写的长篇中，由于人称上的方便，作者更是就势自由挥洒：时而叙事，时而抒情，时而讽世，时而记游，时而述说体验，时而议论风生，或者将这些相互糅合，不拘一格，亦庄亦谐，嬉笑怒骂，任我驱遣。这是一种有真性情，有独特风格的文学。

读梁锡华的小说，我们会感到，字里行间仿佛时时闪动作者的身影。小说的那些主人公，写得都相当亲切感人，他们对事业、对人生、对爱情都有一股令人肃然起敬的痴劲——不是书痴，就是情痴，常常二者兼而有之。《独立苍茫》中的萧晨星，《头上一片云》中的卓博耀，《太平门内外》中的张永佑、方起鹏，《香港大学生》中的金祥藻，以及站在金背后的方密微等，就都是一些正直热诚、勤奋好学、敬业乐业、坚毅执着，学问和人品都超群的人物。当然，主人公不等于作者。夏志清先生把《独立苍茫》中的萧晨星等同于梁锡华，那实在是一种误解。但由主人公形象系列一而再再而三地显示的这类品格，确实可以从一个方面折射出作者的感情倾向、道德追求乃至人生理想。《香港大学生》下篇曾用一段文字写了金祥藻初进加拿大一所大学图书馆时的感受：

> 暑期中的图书馆，寂如禅房，每一册书，都似乎在嫣然伫立，逗人作倾心的对语。这里每一角，每一架，都是良朋益友千万的光景，我感觉一坐定，就马上释尽尘世诸缘，心头满溢的不但是甜美，也是清芬，更是澄澈，宛如人在灵山会上，睹世尊拈花微笑……

可以说，作者本人如果不曾经是书痴、书狂，就决不可能把主人公这番特有的内心体验表现得如此真切。同一部作品的末尾，还有这样一段文字："莎士比亚以人生比喻演戏。所以我想，既然上了台，就努力演好这出戏吧。"这不但是书中人物真实心声，也应该看作是作者本人对人生所持的严肃态度，正是这种人生态度，决定了作者的审美视角和爱憎感情，促使他去贬斥那些形形色色的宵小之徒，同时去赞美那些普普通通而值得赞美的人物。像洛根叔这样一位旅游船上的厨师，作者也通过金祥藻的眼睛，用了虔敬的态度去写他做糕点的情景：

> 我最爱看他做糕点时的神态。他是全身细胞总动员，和画家绘画、音乐家演奏、书法家写字，道理完全一致。

他在制作过程中，会对着他手下将成形的艺术品，或攒眉、或欢笑、或拍额头、或搓手掌……神态表情，不一而足。他出炉的糕点花样真巧，隔天翻新。单是苹果馅饼一项，我吃过的，已经有七八款之多，而且，不单外形各异，连里头的配料和味道也不相同。这种种，可谓叹为观止矣。

简直是一曲创造性劳动和敬业精神的动人赞歌！从这礼赞声中，我们懂得了梁锡华的为人，领悟了真正现代人的不带势利心的平等劳动观的可贵。梁锡华的小说由于其诙谐讽世，常常令人联想到钱钟书的《围城》。然而梁锡华小说从处女作《独立苍茫》起，就有和《围城》很不相同之处：活跃着普通人的可敬形象，闪耀着现代人的理想光彩。这也就是梁锡华小说之所以对我们很有启发意义的根由。

梁锡华也是一位富有幽默感的作家。他善于寓谐于庄，寓正于反，故意用严肃、庄重乃至神圣的词语形容一些生活琐事，从而改变语言的色调，获得诙谐幽默的效果。就以《香港大学生》为例，方密微谈到妻死后自己矢志坚守防线，永不婚娶时说："这条防御工事筑好了，没有敌人可以入侵的，梁实秋缺了这条防御工事，所以老妻死后一遇到女人就全线崩溃了。……凡需抵挡的事，自己没有强大的国防力量怎行？"

故意用了"国防力量"这个重量级词来表明个人的心志。写到洛根叔穿上厨师衣装和两个助手照相一段，用了这样的文字："三个人，全副'武装'得白亮亮。洛根叔四平八稳坐在椅子上，身上挂了好几条烹饪奖的彩带，约拿和我，分站他的后面，光景有点像关平和周仓伴着关公。"有意用中国传统的英雄来喻拟异邦当代的厨师，造成一种滑稽感。写到华人男生在加拿大租住的"华屋"时，先用写实笔法描述它的脏臭，慨叹"中华'文化'广传海外了"。当女生孔芙英问"这种地方'参观'一次够不够"时，金祥藻答道："华屋有华人之屋的意思。要看中国人和接触中国文化，可以多去。"引得"众人大笑"。这是寓真意于反话中。在另一处涉及婚姻问题时，作者通过书中人物调侃道："从另一观点着想，我倒觉得媒人制度实在不坏，至少省却许多约会、追求的麻烦，更没有失意、失恋的苦恼……"这类诙谐幽默，不但表现梁锡华的机智风趣，更显示出他的沉稳自信。梁锡华小说浪漫主义成分较重，这和他自身性情、气质、文化素养有关，也和他文学上接受的影响直接关联。据我观察，对梁锡华小说创作影响较深者，在外国大概是弥尔顿、罗素、萧伯纳，在中国似为苏曼殊、徐志摩、钱钟书；其中半数为浪漫主义作家。《香港大学生》下篇里，金祥藻和杜珍妍有情而无缘，缠绵悱恻，就颇有点苏曼殊小说的味道。然而，构成梁锡华浪漫主义的核心的，却是一种作者称之为"具有满腔宗教情怀"（《沙田出文学》）的人生理想、人生追求，也就是前文所说的那股痴劲，或者叫作赤子之心。小说通过密微之口说："我盼人人都有这份浪漫情怀，也就是和宗教相通的敬虔火热情怀。"这句话可以看作是对梁锡华浪漫主义的最好注释。当然，梁锡华毕竟是一位富有人生阅历的作家，对世情的洞察，使他不可能完全耽于理想或沉迷于痴情。生活和创作的逻辑都决定着他必然要在很大程度上走向清醒的写实之途。在小说中，金祥藻终于和改弦更张的"尖嘴鸡"结为夫妇，这大概近于人们通常所谓的"现实主义的胜利"吧——虽然可能由于上篇伏笔不够而多少有点突兀。

梁锡华小说第一次在大陆出版，这是件很好的事。我相信，大陆的读者会和我一样，衷心喜欢梁锡华这位才华出众而且真诚、富有赤子之心的作家的！

1994年4月21日于北大中关园

为谜样的传主解读 [1]

沈从文的一生是个奇迹：他只上过小学，却写了40多本作品（不算各种选集），成为中国现代著名作家，还当了大学教授、文物研究家，被提名诺贝尔文学奖的候选人。真令人难以置信！

现在有了另一件简直令人难以置信的事：以沈从文为传主的第一部传记——而且是资料那样丰富，内容又那样引人入胜的传记，它的作者竟是金介甫（Jeffrey Kinkley 1948—   ）这样一位西方学者。我不知道，这可不可以也称作一个奇迹；至少在我，读完后确实是感到惊讶和佩服的。

金介甫先生的《沈从文传》，忠实而详尽地记述了作家沈从文的一生，写出沈带有神秘色彩的复杂经历，以及他同样

---

① 载《读书》1993年第5期。

具有某种神秘色彩的思想和创作。作者在1977年曾完成博士论文《沈从文笔下的中国》。以此为起点，金介甫又继续跋涉，艰苦攀登，在海内外（包括在沈从文家乡湘西）进行长期广泛的难以计数的调查、访问，掌握了大量第一手资料，然后潜心写作，终于完成宏著，1987年由斯坦福大学出版社出版。可以说，这部《沈从文传》是作者10年心血的结晶。它主要用史实而不是用论断，考察并回答了令人感兴趣的有关沈从文生平和创作的许多问题，诸如沈的苗汉民族血缘关系，近代湘西环境对沈的影响，沈的社会理想以及对革命的态度，沈与丁玲的关系，沈的泛神论思想，沈作品中含有的弗洛伊德思想与现代派文学成分，当年由沈引发的"京派"与"海派"之争，新中国成立后沈在文学上的忽然搁笔……因而在沈从文研究方面，具有重要的史学价值。

人们常常喜欢用"通过一个人来写出一个时代"这样的话，称赞一部传记。金介甫的《沈从文传》（英文原名《沈从文史诗》），确实有助于读者进一步了解20世纪的中国：它的社会矛盾、它的政治动荡、它的外患内忧、它的深重灾难。作者原本就有这样的意图："不应该把沈从文的生活只写成作家传记，而应该作为进入中国社会历史这个广阔天地的旅程。"（见《引言》）已成的传记表明，作者这一意图相当圆满地得到了实现。

这部传记围绕沈从文的成长发展，还对近代中国复杂的文化现象做了考察，写出这一文化内在的错综对立的诸般因素：旧与新、中与外、乡村与都市、传统与现代、汉文化与苗文化，以及这些因素对传主的综合作用和影响，从而揭示出20世纪中国文化的某些深层结构，有助于人们从这一大背景上比较科学地把握和评价沈从文的思想和创作。应该说，作者从文化角度对传主思想的若干方面已经做了相当深入的研究，提出的见解也是新颖独到的。如第258页认为："从政治上说，沈向往的也不是现代民主政治，而是'原始的无为而治'。"我们也许不一定赞同作者的这一看法，但不能不承认，它是很有见地和深思熟虑的。特别值得重视的是，在沈从文与现代派文学、与弗洛伊德主义的关系上，这部传记不但提供了不少新鲜的资料，而且已经做了堪称深入中肯的研究。从第四章起，就提到：沈从文在20年代"接受了周作人（也就是蔼理斯）的性心理学的观点。1930年又读了张东荪讲性心理分析的厚厚一本入门书《精神分析学ABC》"。第六章指出："像法国小说家《追忆逝水年华》作者普鲁斯特用潜意识来观察人生一样，（沈的小说）对时间作了细致分析。""小说中角色的每一个质问式动作——他们对现实本身感到半信半疑——代表一种现代的反常状态。"这"使沈的作品有了现代派气味，如果还算不上先锋的话"（198页）。不仅是沈的小说《薄寒》、《第四》、《春》、《若墨医生》和《八骏图》，就连代表作《边城》，"也有弗洛伊德的气味"（203—205页）。作者甚至戏称"京派"与"海派"的论争，"可算北京现代派的沈批判上海的现代派"（189页）。到第七章中，又继续指出：沈于40年代初写的《看虹录》《摘星录》等"思想上、艺术上、主题意义上都使读者'不知所云'"的作品，乃"是沈从文在受弗洛伊德、乔伊斯影响下在写作上进一步的实验。他想学现代派手法使他的文学技巧达到一种新境界"（239页）。金介甫的这些介绍与探索，无疑对沈从文研究很有启发性，提高了有关课题的学术水平。

《沈从文传》的一个重要特色，是基本保持了史学著作应有的客观严谨的态度。作者秉笔直书，忠于历史事实本身，而不是忠于自己的主观好恶。尽管金介甫非常推崇沈从文，认为沈的文学成就高过都德、法朗士，甚至高过莫泊桑、纪德（见《引言》），但他不把沈从文神化，不避讳传主曾经走过的曲折道路，不隐讳沈的弱点以及在一些事情上应负的责任。如第三章中，作者记述沈从文和阔亲戚熊希龄在香山相聚却并不能消除相互间的鸿沟之后，接着指出，"实际上，

新文学小讲

沈和香山的绅士之间的鸿沟，是沈自己创作引起的，特别是像《棉鞋》《用A字记下来的故事》"，其中就有人身攻击和挑逗失礼的内容（65—66页）。又如第四章介绍20年代末沈初到上海，确曾写过《旧梦》之类有色情成分的作品，这是由于"经济上的压力才使他不得不下手"（131页）。再如第六章记述沈从文30年代初在大学教书时，讲课效果不好："他讲课有如闲谈，大都漫不经心，讲来平淡无奇，声音低得有如耳语。……他在吴淞中国公学第一次教课时，每每咕噜咕噜地讲了几句就退下来，一堂课就此了结。教书显然使他更加感到知识的欠缺。"（174页）并在注释中引了沈的亲友和家属的话来证明这一点。所有这些，都显示了金介甫作为一个学者的良好品格，从而使他理所当然地赢得读者的信赖。特别值得一提的是，传记作者有很强的责任感，他确知史学家笔墨的分量，因此，在尊重事实的同时，对一些复杂的学术问题或史实问题，一般都很谨慎，注意讲究分寸，力避过犹不及的毛病。例如第三章中，作者依据公开的资料和调查所得的事实，肯定了沈从文与《圣经》的关系，却又讲得极其适度，字斟句酌，不简单化：既提到"他小说中的许多人物都手持一本《圣经》"，"他有三部作品（可能只有三部）具有真正基督教的象征意义"，"沈懂得基督教就意味着博爱"，又指出沈从文"从来没有对基督教的教规教条有过任何兴趣"（73页）。同章中涉及沈从文与丁玲、胡也频早年的关系时，作者一方面根据沈的《呈小莎》等诗，认为"很可能沈从文早先对丁玲产生过柏拉图式的恋情吧"，另一方面又如实指出："在20年代后期，沈从文的母亲和九妹沈岳萌都同沈住在一起，这样，就使谣传的沈丁关系暧昧之说难以置信。"（69页）我们有些学者讨论问题时常常容易犯感情用事、夸张失控的毛病。《沈从文传》作者下笔时的这种谨慎和有分寸感，既表现了他的严肃，也反映了他的成熟，正是值是我们学习和借鉴的。

不同于原先的中译本，湖南文艺出版社这次出版的《沈从文传》是全译本。这种版本之所以更有价值，就在于增译了英文原著的646条注文。符家钦先生在《译后记》中这样说："金介甫是历史学家，他为搜集传记史料花了大量气力。他的资料卡片多达6000张。传记正文281页，而用小字排印的注文竟有81页，几乎为正文的一半。学术书注释占这样高的比重，在西方学者中也是罕见的。"的确，我认为这正是金氏《沈从文传》的特色所在，也是全书精华的一个重要方面。这些注释不但认真交代了资料的来源（作为一本严肃的学术著作，这点非常重要），而且详尽介绍了有关的事实乃至细节，还阐述了作者本人的若干考证和推测，或者纠正了他人的某些

新文学小讲

错误，可以说包含了作者的大量心血和不少鲜为人知的史料，无怪乎金氏要为时事版译本不收这些注释而"耿耿于怀"。例如，对于沈的家世和祖母是苗族的问题，注释中就提供了不少具体材料。对于基督教进入湘西以及田兴恕时代就开始的反基督教渗透，注释中亦有详细记载。又如关于小说《八骏图》，沈从文自己承认，由于写得过于夸张，得罪了一些朋友。传记作者在第六章注77中做了考证，挑明"八骏"的原型除沈自己外，还包括闻一多、梁实秋、赵太侔等教授。另如第七章注76中，传记作者依据直接和间接的材料，指出"沈的散文《水云——我怎么创造故事，故事怎么创造我》是沈写他的婚外恋情的作品"，并列出了若干具体事实。所有这类注释，应该说各有程度不等的价值。读者阅读时千万不可缺少耐心，懒得翻看，以免损失许多不该损失的知识养分。

由于历史的和其他方面的种种原因，金氏《沈从文传》也存在某些局限。我想在这里提出两点。一是对中国大陆的现代文学研究状况显得有些隔膜。作者多次提到内部出版的《文教资料简报》，却不知道已有较长历史也较重要的学术刊物《中国现代文学研究丛刊》（凌宇的《沈从文谈自己的创作》就发表在这一丛刊上）。书中还把王瑶、刘绶松、丁易等20世纪50年代出版的文学史著作与李何林30年代出版的《近20年文艺思潮论》相提并论，一概称作"左翼方面"，把这些专家排除出"建国以后的批评家"行列（322页），使熟悉情况者不免觉得奇怪。二是在沈从文与丁玲两位作家的关系上，传记作者对复杂的情况估计不足，受了某些简单化说法的影响，以致夸大了他们之间后来的矛盾。如193页推测丁玲"迁怒"于沈从文，是因为沈的《记丁玲》把冯达写得太坏；并在341页注63中，对"丁玲为何不悦《记丁玲》"做了三点推断。其实，丁玲何曾"迁怒"于沈！她与沈的思想分歧，早在沈写《记丁玲》前两年就已显露出来，只要读读丁玲以沈从文为原型写的小说《一九三〇年春上海》之一就会清楚。丁玲被国民党军统特务秘密逮捕、幽囚南京期间，根本不可能自由阅读书刊，怎可断定她一定在当时读过沈的《记丁玲》（何况《记丁玲》中并无对冯达的尖锐批评）！沈本人1949年9月8日致丁玲的信，已经对他当时企图自杀的原因说得清清楚楚。证之以陈漱渝先生在《人物》杂志上所刊丁沈关系的文章，更可见他们在50年代初仍有友谊的一面。至于有人所说"从1979年到1986年丁玲去世，丁玲都身居高位，使得许多机关都不敢重印沈的作品"，如果我们了解这段时间沈在国内各大出版社出过8种著作共计25本，而丁身为作家协会副主席却保不住一本《中国》文学双月刊，即可知道距事实有多远了。虽然如此，这些问题

　　　　　　　　　　　新文学小讲

对《沈从文传》来说，毕竟只是个别的，而且我愿意指出，即使在丁沈关系上，作者依然说了不少比较客观的话。《沈从文传》的整个写作，无疑是学风严谨、史料丰富，推进了学界对这位杰出作家的研究的。加上符家钦先生译笔忠实流畅，兼有信、达、雅之长，就使这部译本成为难得的好书。因此，我衷心乐于向广大读者推荐。

1992年11月22日写毕

他在人们心中永生 [①]

——读《微笑着离去：忆萧乾》

1999年2月11日的傍晚时分，萧乾先生出色地跑完了人生的最后一圈，微笑着离去了。斜阳映照之下，他的身后留下了长长的四周饰满虹彩的身影：300多万字的精美的10卷本《萧乾文集》，以及篇幅决不少于此的翻译作品和集外文字；还有大量并未形诸笔墨却用非凡的人格力量书写出的动人事迹。

于是，半年之后，在我们面前就有了这本从国内外几十种报刊上收集来，由中外几十位作者撰写的感人至深的书——《微笑着离去：忆萧乾》（辽海出版社出版），它真实地呈现了萧乾的业绩与性情、自豪与屈辱、魅力与弱点、文格与人格。如果可以把萧乾一生比作一本大书的话，那么，《微

---

① 载《中华读书报》1999年11月3日。

新文学小讲

笑着离去》就是大书的浓缩版，从中可以读出时代，读出历史，读出即将逝去的这个世纪中国的年轮。

在20世纪中国作家中，像萧乾这样具有宽广丰富的阅历和多种多样的才能者并不很多。他不但是著名的文学家，而且是优秀的新闻记者、杰出的翻译家。贯穿在他作品中的，是忧患人生的真切体验、国运民瘼的热情关切，充满着真诚与赤忱。他那些脍炙人口的篇什，像小说《篱下》《雨夕》《俘虏》《梦之谷》，通讯《鲁西流民图》《血肉筑成的滇缅路》《银风筝下的伦敦》《柏林一片残破》，散文《我这两辈子》《未带地图的旅人》《一本褪色的相册》《关于死的反思》，无一不渗透着强烈的正义感与艺术的震撼力。即使新闻报导，在萧乾笔下，也都奇迹般地转化成了富有感染力的文学作品。正如资深记者赵浩生所说："世界上大多数新闻记者的作品，生命力不足一天。……萧乾不同于一般记者，他的作品不仅有新闻的时效，而且有文学的艺术、史学的严谨。他把文学技法，把对历史的严肃感情写进新闻，所以他的作品的寿命不是一天，而是永远。"直到晚年，他仍以"尽量讲真话，坚决不说假话"为座右铭，坚持独立思考，在作品中继续对现实的不健康方面有所针砭，体现着一个知识分子的良知与责任感。

尤其令人感动的，是贯穿萧乾一生的那种与命运顽强抗争的精神。他从不屈服于命运。幼时出生在贫苦家庭，11岁成为孤儿，却靠着织地毯、送羊奶来实现工读。学生时代就开始发表作品，后来进入《大公报》工作。第二次世界大战期间，他不畏艰险，随盟军进入欧洲战场，成为唯一的中国记者，用笔摄下了许多弥足珍贵的历史镜头。他曾被剥夺写作权利22载，古稀之年方得平反。但却立志要"跑好人生的最后一圈"，在年老多病情况下写出160万～170万字的作品；还与夫人文洁若合作，起早睡晚，苦干数年，译完《尤利西斯》这样的天书，可称创造出了奇迹。他用诗一般的语言写道："在走出噩梦的早晨，我以我的笔作拐杖，又开始了我的人生旅行。我的手有些抖，我的脚步有些颤，但我的心还能和五岁的孩子比年轻……"（《我的年轮》）死亡对于萧乾来说，竟成了巨大的鞭策力量，使他的创作力如火山迸发。有朋友说：萧乾"一个人有一百个人的生命"。读读《微笑着离去》中许多人写的回忆文章，你也许会相信这是近乎真实的。

　　萧乾是性情中人。从《微笑着离去》一书，就能真切地感受到他弥勒佛般的笑容，睿智幽默的谈吐，老顽童般俏皮又随和的性格。晚年的他已看透名利、地位、享受这类世俗的追求。20世纪80年代，组织上曾分配给他一座单门独院的小楼，他却辞谢了。后来，译《尤利西斯》得到3万元稿酬，他全部捐赠给了《世纪》月刊社。为了集中精力译书,他在门上贴出谢绝造访、作序的纸条,然而一些不相识的青年作家,依然得到萧乾为他们处女作写的序文。萧乾曾说:"人生最大的快乐莫如工作。"也说过:"有这样的晚年,我感到很幸福!"萧乾所说的幸福,不是高官厚禄、豪宅华居,而是自由地握笔创造精神财富的权利。人们有时会说到"大写的人",依我看,萧乾就是这样一位既平凡亲切又脱离了低级趣味的"大写的人"!

应该指出的是,《微笑着离去》不仅是了解作家萧乾的必读书,而且在研究中国现代文学方面也具有独特的价值。像邵燕祥的《认识一个真实的萧乾》,日本学者丸山昇的《从萧乾看中国知识分子的选择》《新中国建立前夕文化界的一个断面》,都对1948年那场文化论争做了深入的研究,从根本上澄清了《斥反动文艺》一文带来的迷误,因而成为很有分量的学术论文。吴福辉、周立民的回忆文章,则透露了30年代《大公报》文艺奖的一项秘密:小说方面的奖原先决定授予萧军《八月的乡村》,却因萧军本人通过巴金向萧乾表示不愿接受,于是改授给芦焚,此事现已得到巴金证实。而据萧乾生前猜测,萧军之所以不接受,可能是"左联"内部做的决定。我还可以举出另外一些事例作为佐证,在丁玲被国民党绑架软禁期间,萧乾于《大公报·文艺》上刊发了她的小说《松子》，向世人正式传递了有关丁玲的真实消息；30年代中期，萧乾协助斯诺将中国现代一部分优秀小说编成《活的中国》介绍给西方读者；据赵瑞蕻介绍，萧乾对文学翻译问题曾提出过一系列相当精辟的见解；"文革"结束后，萧乾还为自己撰写了一篇意味深长的碑文，等等。所有这些鲜为人知的史实的披露，都足以改写文学史的局部内容，它们对于推进中国现代文学的研究，有着相当重大的意义。这也从另一角度证明了《微笑着离去：忆萧乾》确是值得一读的好书。

萧乾先生毕竟走了。我因上半年远在巴黎教书，深以未能向这位亦师亦友的可敬前辈告别为憾。记得萧老九十寿辰那天，从录像中看到穿红毛衣的他，思维还那么敏捷，神情还那么安详，我曾以为他的健康状况不错，暑期回来定可以再向他叙谈旅欧感想，聊聊他当年采访过的那些城市近时的变化，不料这一切全成了再也无法圆的梦。现在读这本回忆萧老的书，他的音容笑貌又一再浮现在我眼前，我多少感到有一种失而复得的快慰和补偿。单从这点来说，我就很感谢《微笑着离去》一书的出版。

国家新闻出版广电总局
首届向全国推荐中华优秀传统文化普及图书

‖ 大家小书书目

出版说明

　　"大家小书"多是一代大家的经典著作，在还属于手抄的著述年代里，每个字都是经过作者精琢细磨之后所拣选的。为尊重作者写作习惯和遣词风格、尊重语言文字自身发展流变的规律，为读者提供一个可靠的版本，"大家小书"对于已经经典化的作品不进行现代汉语的规范化处理。

　　提请读者特别注意。

北京出版社